加納秀志

Kano Hideshi

ミゲルとデウスと花海棠《はなかいどう》

ミゲルとデウスと花海棠《はなかいどう》

目次

編集進行・石司隆一

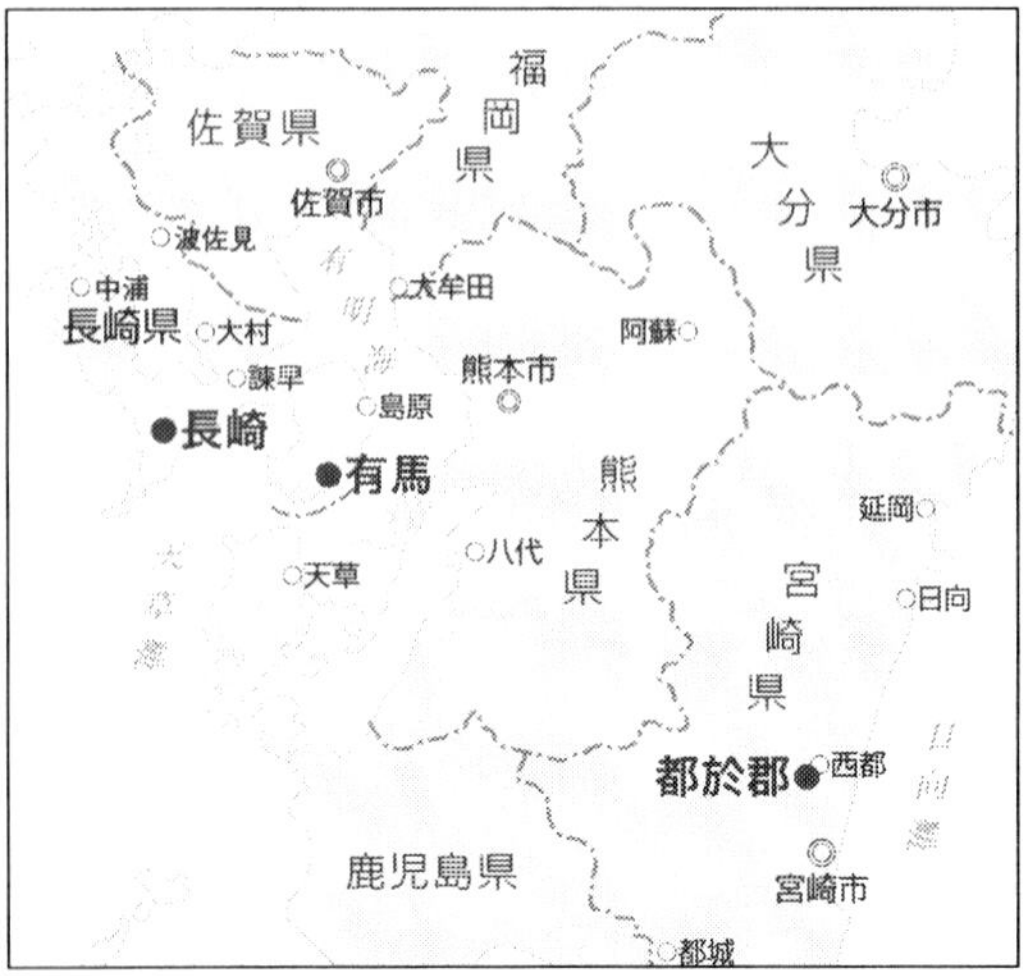

天正遣欧少年使節位置関係図（旅する長崎学２より）

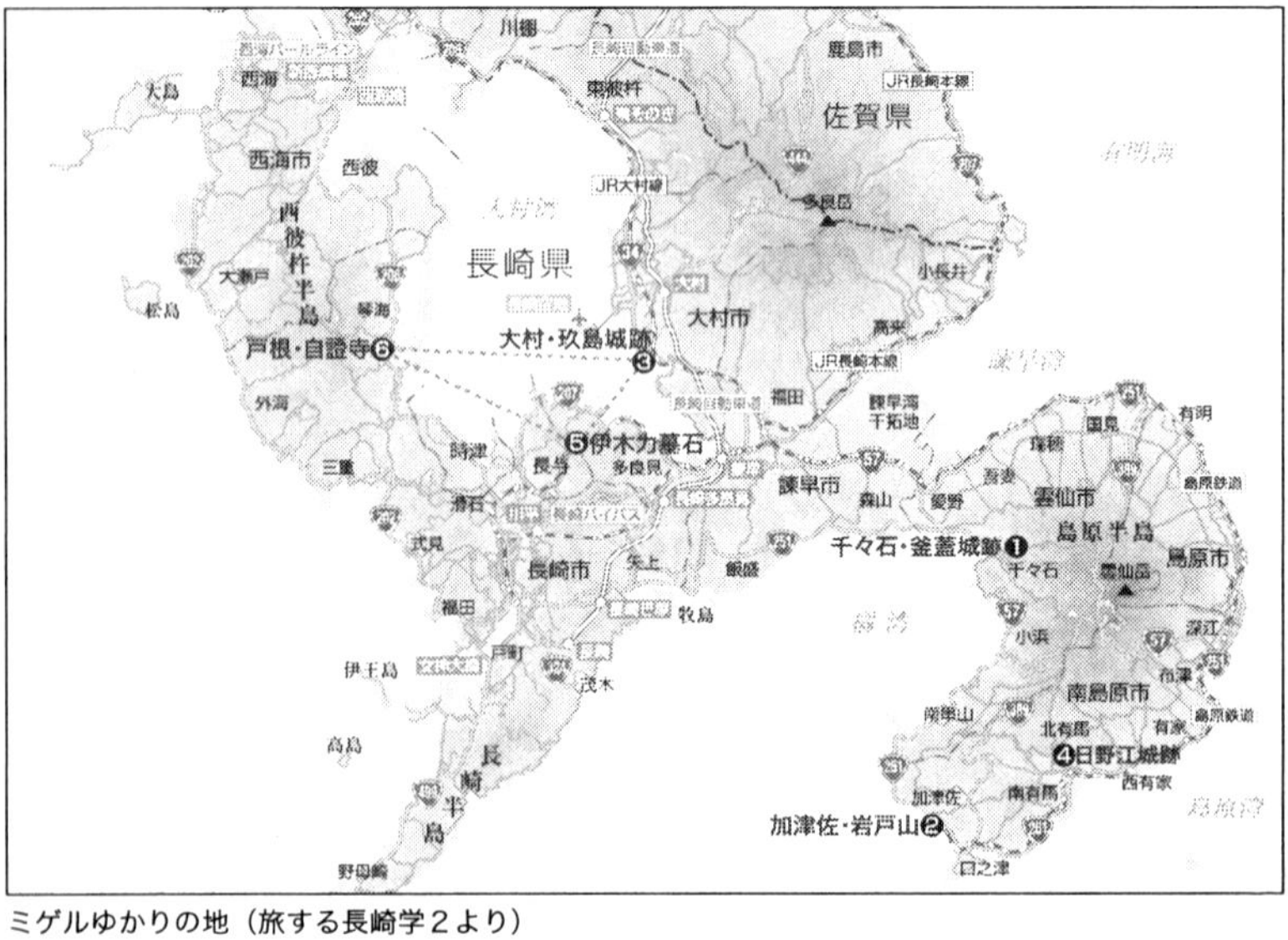

ミゲルゆかりの地（旅する長崎学２より）

ミゲルとデウスと花海棠

序章　出航

天正10年（1582）1月28日――。

長崎港の沖合に、巨大な南蛮船サンティアゴ号が停泊していた。出航準備に追われ、港内は異様な熱気が充満していた。

小舟が荷役や乗組員、乗客の商人、奴隷らを頻繁に搬送していた。喧騒に興奮したのか野良犬がやたらと吠えまくり、苛立った南蛮人が赤ら顔で怒鳴り散らし、棒切れで追い払った。

それに誘発されたかのように、バテレン同士が諍《いさか》いを始めた。互いを激しく罵り合い、摑み合わんばかりだ。異会派なのだろう。

最近、街中でよく見かける光景だった。

乗員の中に島原半島の南端、有馬セミナリヨ（初等教育機関）から選出された13歳前後の少年4人と、随員や付添5人から成る天正少年遣欧使節の一行が、大勢の見送りを受けていた。

4人の少年の中に、苦虫を噛み潰したような浮かぬ顔の千々石ミゲルが居た。見送りの母親が、我が子の長の旅立ちに未だに拘泥《こだ》わりを見せ、眼を赤く腫らしていたからだ。

「母上、ミゲルはどげんしても戻って来ますけん、心配せんでよか」

何度も同じ事を繰り返し、慰めた。

――無理もなかった。彼女は荒海の中を何年もかけての使節行と聞かされ、ミゲルの強い意志の前に一旦承諾はしたものの、出航間際に後悔の念が頭を擡《もた》げたのだ。

見かねた遣欧使節の長である巡察師のヴァリニャーノが、大仰な身振りで再び説得にかかった。

「大丈夫です。ミゲルを必ず無事に連れて帰ります。私に任せて下さい」

巡察師とは、イエズス会の総長の名代として派遣された司祭のことである。彼もまだ43歳で若かった。大柄な体からは燃えるような情熱と信念が漲《みなぎ》っていた。

母親は寂しそうに項垂《うなだ》れ、諦めるしかなかった。

遣欧使節行は、イタリア人の巡察師ヴァリニャーノが企図したものだった。

当時、南蛮人と日本人の間には反感や憎悪が渦巻き、淀んだ空気が充満していた。

そこで彼は、大村、大友、有馬の3侯の名により、西欧のキリスト教世界へ日本人を派遣することを試みた。偉大で華麗な西欧文化絵巻を彼らの脳裏に刻ませ、帰朝して証言させるのが目的だった。

それには、無垢で真っさらな若者に限る。

更なる思惑があった。西欧諸侯からの布教費の援助と、日本に於けるイエズス会の布教独占権取得だった。あくまで、布教事業拡大のために考案したものだ。

ヴァリニャーノがミゲルを見出したのは、ミゲルの叔父であるキリシタン大名大村純忠が、ヴァリニャーノを大村に招待した時だった。

剣術の稽古を嫌そうにしているミゲルを見て、ヴァリニャーノは苦笑しながら純忠に進言した。

「私は此の度、有馬の日野江城下に、セミナリヨを開校します。ミゲルを預からせて下さい。有馬殿とも近しい関係なら、有馬殿も喜びます」

——ミゲル、8歳の時だった。

当時、九州は肥前、豊後、日向、薩摩の4つに区分されていた。ミゲルの父千々石直員《なおかず》の居城、釜蓋《かまぶた》城は島原半島の付け根の千々石にあり、肥前の屋形有馬氏の支配下にあった。

天正元年（1573）、釜蓋城は佐賀の龍造寺隆信の先遣隊に急襲され、父の直員は自刃《じじん》。ミゲルは母のジョアンナと共に城を落ち、大村の叔父の許に身を寄せていた。

ミゲルは千々石家の後継として、再興を期待されていたのである。ちなみに、千々石直員と大村純忠、有馬義貞は実の兄弟という間柄だった。

セミナリヨでの生活は、神に仕える者として厳しい規律の中にも和やかな笑顔に溢れ、各地から集まった坊主頭の少年達の瞳は燦《きらめ》いていた。

朝4時半の祈りから夜8時まで、ラテン語や日本語、音楽などを習熟し、セミナリヨから溢れる活気に満ちた少年達の声は有馬の誇りだった。

果断な性格のヴァリニャーノは、セミナリヨが軌道に乗ったのを見届けると、次なる行動に打って出た。豊後の大友宗麟を訪れ、彼の助言と助力を求めたのである。

――天正9年（1581）8月25日、京の内裏《だいり》東で信長の華麗なる馬揃えの儀式が行われていた。天皇や公家、女官達が居並ぶ一隅に、ヴァリニャーノの姿があった。宗麟の助力の賜物だった。

信長は南蛮貿易絡みの武器や経済力に彗眼《けいがん》があり、進取の気性に富んでいた。ヴァリニャーノは、キリスト教布教の内諾を得たことをいいことに、思案中だった遣欧少年使節計画を具申してみた。信長は両眼をカッと見開いた後、ニヤリと笑みを浮かべた。

「面白い。是非とも実現してみよ」

2人は意気投合。「天下布武」に命を燃やす若き武将と、遣り手のバテレン巡察師の酒の席は深更にまで及んだ。

翌年の正月早々、ヴァリニャーノは、千々石ミゲル、伊東マンショ、原マルチノ、中浦ジュリアンの4人を御堂に呼びつけた。

「君達を大友、大村、有馬殿の名代としてローマに行って貰うことにした。自分達の目で、確《しか》と西欧を見て来て欲しいのだ」

彼らは意味が理解出来ず、呆として口を開けたまま互いに見合わせるばかりだった。

——遂にミゲル達が日本を離れる時が来た。沖合のサンティアゴ号に乗り換えるため、見送りの人達と最後の別れをしていた。

——その時、先の小舟に乗ろうとする見搾《みすぼ》らしい身形《みなり》の10人程の少女の集団が目に入った。屈強な男2人に前後を挟まれている。年の頃は自分らと同じ位だろうか。

その中に、ミゲルを縋《すが》るように見つめている者がいた。微かに見憶えがあった。記憶の糸を手繰《たぐ》る。

(誰やろう……? あっ、思い出したばい。おたまだ。釜蓋城で何時も遊んどった、重臣の子のおたまだ。同い年で、活発な子やった。城が落ちた時、一緒に逃げ延びた筈とに、母上や妹弟はどげんしたとやろか?)

彼女はミゲルのことを憶えていた。しきりに目で助けを求めていた。しかし、煩雑さから逃れるよう、思わず視線を逸らしてしまった。

何んという巡り合わせだろう。同じ船に乗り合わせ、何処に連れて行かれるのだろうか? 狡猾《こうかつ》で貪欲そうな男が、彼女の未練を断ち切るよう大声で恫喝《どうかつ》して突き飛ばした。どうすることも出来ぬもどかしさ。ミゲルは己の不甲斐なさを恥じた。その時、ミゲル達に同道する日本人の若い修道士ジョルジエ・ロヨラが、彼の背後から声を掛けた。

「外国に売られて行くとやろ。知っとる子ね?」

「はい……。一緒に遊んどった幼馴染みですけん」

「そりゃあ可哀想か……。日本人が日本人ば売るなんて、酷《ひど》か話ばい。ばってん、どげんもならんやろね」

彼女の心情を忖度《そんたく》すると、寂寥《せきりょう》感が募り胸が締めつけられた。神に祈るしか術《すべ》はないのだろうか。

船は北東の風を帆に孕《はら》み、静かに滑るように走り出した。これから西欧という未知の世界へ旅立つというのに、不思議と高揚感はなかった。不安だけが先立った。

ミゲルは甲板から、森に蔽《おお》われた岬の突端に建つ3層からなる木造の岬の教会を仰ぎ見ていた。海からの眺めは殊の外美しく、かつて釜蓋城の池に咲いていた睡蓮の花を思い浮かべた。花が窄《すぼ》まった、つんと立つ姿に似ていると思った。

池の横には小さな御堂があって、母は跪《ひざまず》いて祈っていた。多感で心配症の母は、ミゲルがその性格を受け継いでいた。何時も1人息子の彼を気に掛けて、些細なことでよく瞼を濡らした。

——今日も泣いているばかりの母が鬱陶《うっとう》しく、別れの挨拶もそこそこに、邪険に背を向けてしまった。後悔の念が残ったが、もはや前を向くしかあるまい。

マンショとマルチノ、ジュリアンの3人が近寄ってきた。彼らの表情は緊張のためか堅かった。無言のまま、何年後に帰れるやも知れぬ岬の教会に別れを告げた。

船の跡を付いてきていた鷗《かもめ》たちも何時しか居なくなり、陸地も見えなくなった。冷たい風と感傷を振り払うよう、扉を勢いよく開け放ち、船室へ入って行った。

第1章　手毬《てまり》唄

東シナ海は荒天の連続だった。大波に弄ばれて船体が悲鳴を上げた。ミゲルは船の分解の恐怖に戦《おのの》き、必死に柱にしがみついた。

船酔いが畳み掛けて襲ってきた。胃を虐《さいな》み、内臓から液汁を吐き出し、五臓六腑も吐き出るのではないかと踠《もが》き苦しみ、生地獄を味わった。南蛮人の乗組員から嘲笑され、揶揄《やゆ》された。

船旅に出たことを後悔し、早くも望郷の念にかられた。

そんな時、ミゲルは小さい頃に母から教えて貰った「主の祈り」を何度となく唱えて慰みとした。

天にまします我らが御親、御名をたっとまれ給え。
御代来たり給え。天においておぼしめすままなる如く、
地においてもあらせ給え。
我らが日々の御養いを今日我に与え給え。

我ら人に許し申す如く、我らが科《とが》を許し給え。
我らをてんたさん（誘惑）に放し給う事なかれ、
我らを凶悪より逃がし給え。あめん。

祈りの後、必ず母の事を思い浮かべた。泣き虫の母も「主の祈り」を唱えながら、きっと自分の事を思い起こして涙を浮かべているに違いない。出立の際、無下にしたことが悔やまれた。

船旅に慣れた頃、奴隷の存在が気になった。下布だけを着けた下働きの黒人達だった。ポルトガル人水夫に鞭《むち》を打たれながら、船内や甲板の清掃、帆の揚げ下ろし、水桶の運搬などのあらゆる雑役をこなしていた。

罵詈雑言《ばりぞうごん》を浴びせられ、鞭打たれても無言だった。抵抗することもなく、ただじっと耐えていた。

彼らの背中を見た。自由は失われていても、背中の漲《みなぎ》る筋肉は希望を失っていないと思った。同じ人間でありながら、どうして差別を受けなければいけないのか。師と仰ぐヴァリニャーノに訊いてみた。

「彼らは、生まれながらにして奴隷なのです。我ら白人に尽くす宿命です」

違うと思った。生まれながらにして奴隷なんて、ある筈がない。

「神の許では、人間は皆平等じゃなかとですか？」

「日本でもそうでしょ。武士の子は武士になり、農民の子は農民になります」

それはそうだが、彼らをアフリカという大地から攫《さら》ってきたことを知っていた。彼らは奴隷になるために西欧にやって来た訳ではない。

それ以上言及しなかった。

幼くして父親を亡くしたミゲルにとり、博覧強記のヴァリニャーノは、師であり理想の父親像として敬慕していた。他の3人は、近寄り難い存在として距離を置いていたのと対照的だった。

事ある毎に彼に近付き、助言を求めた。しかし、先程の奴隷の件だけは鵜呑みにする訳にいかなかった。

出港して半月程経ち、船の生活にも慣れたミゲルは船内を散策していた。何気に船倉のある部屋の扉を開けると、饐《す》えた臭いが鼻を突き、思わずたじろいだ。

薄暗い部屋の中で、何やら蠢《うごめ》いている物がいる。目を凝らすと、港で見た外国に売られる少女達だった。怯《おび》えた虚ろな目が、ミゲルに一斉に注がれた。

その中におたまが居た。ミゲルに気付いて弾かれたように立ち上がった刹那《せつな》、背後から手が伸びて扉が勢いよく閉められた。

男が立っていた。酒で崩れた締まりのない染みだらけの顔に、狡猾《こうかつ》そうな細い目が無気味に笑っていた。顔を酌《しゃく》って「去《い》ね」と威嚇するような嗄《しわが》れ声で唸《うな》った。

戦《おのの》いた。ヴァリニャーノの許へ一目散に駆け込んだ。声は上擦っていた。

「船倉に閉じ込められとる少女達ば見ました。外国に売られて行くとです。知っとる子も混じっとります。なんとか助けてやれんでしょうか」

「そんな事に気を揉むより、もっと勉学に勤《いそ》しみなさい。女の子達は、もはやどうすることも出来ません。神に祈ってあげなさい」

「納得出来んです。神に祈って助かるもんなら、いくらでも祈るばってん、聞き届けてくれるとでしょうか」

「神の思し召すままです」

腑に落ちぬまま、甲板に出た。西の水平線に橙色の夕陽が泣いていた。船倉の扉を蹴破って、おたまを救い出したい衝動にかられた。釜蓋城の城壁から、おたまとほんのりと眺めた千々石湾の夕陽を思い出し、ミゲルは泣いた。

気付くと、付添の日本人修道士ロヨラが横に居た。ミゲルの心を忖度《そんたく》するよう微笑みかけた。

「夕陽は明日のために沈むとたい。悲しまんでよか」

「彼女達は何処に売られるとですか？」

「南シナのマカオやろ。マカオはポルトガルの租界たい」

「租界て、どげんとこですか？」

「外国人のための専属居留地で、早か話が植民地たい」

「それで、彼女達は日本に帰れるとですか？」

「さあ……、恐らく一生帰れんとじゃなかやろか」

その一言が心を抉《えぐ》った。

同じ船で自分は華やかな西欧世界へと向かい、彼女達は異国の租界へと売られて行く。謂い条のないもどかしさ――。

ふと、目の前が傾き、夕陽がグニャリと変形したかと思うと、ミゲルは甲板にゆっくりと倒れ込んだ。

気付いた時には、寝床の周りに心配気な3人の仲間が覗き込んでいた。朝から少し熱っぽかった。慣れぬ船旅で体が悲鳴をあげたのだろう。

出航後、17日目にして最初の寄港地である南シナのマカオに錨を下ろした。マカオはポルトガルの極東の根拠地で、司教や総督、イエズス会の聖職者らに熱烈な歓迎を受けた。

使節一行が岸壁で労《ねぎら》いの言葉を受けている時、ひっそりと少女達の集団が降りて来た。おたまはミゲルを見つけると、必死の形相で駈け出して叫んだ。

「ミゲル様、手毬唄ば憶えとらすね？」

幼少の頃、男の子とは気が合わず、おたまとよく遊んでいた。手毬唄は彼女から教えて貰ったものだ。

――その刹那、彼女を追って来た屈強な男が、怒声を発してど突いた。もんどり打って倒れ込んだ。咄嗟に彼女を助け起こした。

「ああ…、ちゃんと憶えとる。長崎に帰れる日まで、元気におらんね。何時も祈っとくばい」

それだけ謂うのが精一杯だった。男に強引に連行されるのを、呆然と佇《たたず》んで見ていた。ミゲルとせめてもの言葉を交わして安堵したのか、温和《おとな》しく従った。

彼女は異国の地でどんな運命を辿るのだろう。彼女を捨て置く罪と、遣欧使節として使命を果たす責任とは、果たしてどちらが重いのだろう？　血が滲むほど唇を噛みしめ、呻《うめ》いた。

——彼女が連れ去られるのを見送りながら、かつて毬を撞《つ》きながら唄った手毬唄を口遊《くちずさ》んだ。

てんまりポンポンてんまりポン
お陽様ごきげんてんまりポン
お庭のスミレもてんまりポン
母さん笑顔でてんまりポン
てんまりポンポンてんまりポ〜ン

第2章　魔のマゼラン海峡

マカオは狭隘《きょうあい》な岬の街である。3、4日滞在すれば街の隅々まで散策出来た。そんなマカオに、季節風を待って10か月もの間、長逗留を余儀なくされた。

街の中心部の小高い丘の上に、サン・パウロ教会が燦然《さんぜん》と輝いていた。彼らは毎日この教会で祈りを捧げた。殊にミゲルは、おたまを見捨てた後悔の念から罪に苛《さいな》まれ、誰よりも時間を割《さ》いた。

季節風を待つ間、絶好の学習の機会でもあった。日本語と地理を日本人修道士のロヨラが、ラテン語を随員のドラードが、音楽をメスキータ師が受け持った。マンショとマルチノ、ジュリアンは成果を上げたが、ミゲルは身が入らなかった。理由は明白だった。

意を決し、外出許可を求めた。

ヴァリニャーノは彼らに西欧世界の良い面だけを見せ、俗悪なものを見せたり、俗人と接することも禁じていた。

しかし、ミゲルの件は下手に抑えつけるより、現実を見せて〝卒業〟させる方が上策やも知れぬと、特別に外出を許可した。

マカオは喧騒と雑多な街だった。店先にぶら下がった豚や鶏の肉の塊。干物にたかる蝿。鼻を塞ぎたくなる生臭い魚。大皿に盛られた色とりどりの惣菜。餌にありつこうと彷徨《うろつ》く野良犬。街角でいかがわしい物を売りつけようと客《かも》を待つ男達。河口には小舟を住処《すみか》とする蛋民《タンミン》の群が、ひっそりと生活を営んでいた。

街中ではポルトガル人達が我物顔に闊歩し、シナ人は卑屈だった。何故、交易のためだけの目的で、植民地にする必要があるのだろうか……。脅えながら虚ろな眼で街中を彷徨《うろつ》く、瘠せた野良犬を見ながらそう思った。

——これらの全てがマカオだった。狭隘《きょうあい》な街の何処かに、おたまは居る筈だ。懸命に探せば見つかるに違いない。

しかし、例え見つけたところで、今更どうしようというのだ。助け出す力も無い男を前にして、彼女とて辛いに違いない。

1日中マカオの街をあてどなく彷徨《さまよ》い歩き、疲れた体を引摺って呻吟《しんぎん》した。そして、彼女に詫びながら絶叫した。

「おたまっ、すまぬ。おたま、赦せ〜〜っ」

その時、沁々《しみじみ》と、彼女が掛け替えのない存在だったことを知った。

——爾来《じらい》、彼は孤独を知り、星に語り掛け無聊《ぶりょう》を慰めるようになった。

宿舎に戻った時、とっぷりと日は暮れていた。ヴァリニャーノが真っ先に出迎えた。彼の表情は、子の帰りを不安気に待つ親のそれだった。

使節仲間の3人が、寝床の中に入って来た。マカオの街やおたまのことを訊きたがり、3人の眼《まなこ》は好奇心で輝いていた。

ミゲルと同じ正使の伊東マンショは、日向の都於郡《とのこおり》出身だった。大友宗麟の遠い親戚だったが、孤児同然の身をヴァリニャーノに見出されたせいか逞しく、進取の気性に富んでいた。

副使の原マルチノは長崎の波佐見《はさみ》出身で、大村氏縁《ゆかり》の原中務《はらなかつかさ》の子だった。4人の中では一番の秀才で、特にラテン語の習得には秀でていた。随員で異彩を放っていたドラードと肩を並べる程だった。

同じく副使の中浦ジュリアンは、長崎の西彼杵《にしそのぎ》の中浦領主の子であった。純情で、これと決めたら一歩も引かぬ頑固な面もあったが、ミゲルとは気が合った。

――4人は話し声が漏れぬよう、寝床の中で顔を突き合わせた。マカオの街の雑多で喧騒の様を、長崎と比較して語った。おたまのことは、幼い頃の他愛のない関係に留《とど》めておいた。

――マカオ滞在数か月後のことだった。

食事中、ヴァリニャーノの許にある情報がもたらされた。彼の表情が一変した。頭を抱え込み、沈黙が続いた。緊張が走った。

彼は徐《おもむろ》に顔を上げた。織田信長が本能寺の変で、明智光秀に討たれたことを沈痛な面持ちで語った。

信長とは京の馬揃えの儀式に招待され、酒肴を共にした仲だった。キリシタンに理解を示し、この遺欧使節にも賛同してくれた。

ミゲルは織田信長の名は知っていたが、明智光秀は知らなかった。信長に取り代わり、天下を治めるのだろうか。

自分達が居ない間に、日本は変わろうとしていた。帰国する時は、どのように変わっているのだろうか。楽しみでもあり、怖くもあった。


10か月経ったその年の暮れ、待望の北風が吹く季節風がやって来た。出港という大事《おおごと》は、長崎を出た時もそうであったが、心を昂揚させた。

ミゲルにとってこの期間は、少年から脱皮し青年への道筋を導いてくれた。おたまのことがふとしたことで頭を過《よぎ》り、物思いに耽ることが多くなった。

インドのゴアに向かった船は、嵐に遭遇し荒波に弄ばれた。山頂から一気に地獄の底に引き摺り込まれるような恐怖感は、生きた心地がしなかった。柱に体を括《くく》りつけ、船酔いに苦しみながら、嵐が収まるのをひたすら祈るばかりだった。

4人の中では、海の近くで育ったジュリアンが船の揺れには強く、皆を励ますつもりでお道化《どけ》て見せたが、笑う者などいなかった。

台風一過――。次いで襲来したのは凪《なぎ》だった。あれだけあった風が、戦《そよ》とも吹かない天変地異の摩訶《まか》不思議。まるで刻《とき》が止まってしまったかのような、自然の気まぐれ。

更なる日照りの追い打ちには、愚痴を零《こぼ》すしかなかった。水が無くなり、疫痢《えきり》が蔓延した。

死者が続出した。

棺に入れられた遺体は、船尾から滑り落ちて青い海に葬られた。ミゲル達は彼らを見送り、恨めし気に天を見つめ、ひたすら祈った。

――果たして、神は残された者の慟哭《どうこく》を聞き入れてくれるだろうか。

勇躍、辿り着いたゴアは想像以上の巨大な都市だった。聖堂、教会、修道院、庁舎、市場、小高い丘には城壁が見えた。

広場で全裸に近い黒人女性が売られているのを見て、4人の使節は唖然とした。ロヨラやメスキータ師は、慌てて彼らの視線を逸した。

宿舎の修道院に入ると、イエズス会の総長からヴァリニャーノに書状が届いていた。転属指令だった。インド管区長に任じられたのだ。

彼はゴアに留まらなければならなくなった。この先、同行出来ないということを意味していた。

現実が理解出来ないミゲルは、呆然自失。父と仰ぐ彼なしで、これからどうやって行けばいいのだ。

「残念なことに、このインドに留まらねばならなくなった。この先、メスキータの引率のもと、無事にローマに行って欲しい」

ミゲルが真っ先に彼の胸に飛び込むと、後の3人も彼の腕に抱かれて泣いた。

ゴアからアフリカ西方のサンタ・エレーナ島までの3か月余りの無寄港の航海は、若いミゲル達にとり身をもて余す程、苦痛だった。

気分転換や運動不足解消のため、追い掛けごっこをするのが日課になった。

乗り合わせている貴顕や聖職者、商人、奴隷達の殆ど顔見知りになった。奴隷とは片言のオランダ語や、身振り手振りで親しくなった。彼らの人なつっこい善良そうな笑顔は、自らの境遇を深刻には捉えていないように見えた。

メスキータ師は、ミゲル達の奔放な行動を目にするに付け、いい顔をしなかった。しかし、息が詰まりそうな牢獄に等しい日常では、詮無いことと目を瞑《つぶ》っていた。

夕時の楽しみは、大海原に沈みゆく太陽神を見ることだ。メスキータ師から教示されたギリシャ神話のアポロが、馬車を駆ってサンティアゴ号の右舷遥かな水平線に姿を消そうとしていた。

アポロは付き従う辺りの群雲を、橙、赤、桃、群青、鼠色と変化させながら、悠々とその姿を没した。従者達も若き神の退出を惜しむよう敬意を払って見送った。

すると、誰が奏でるのか哀愁を帯びたメロディーが何処からとなく流れ、ミゲルの心に染みた。母やおたまを思い起こし、目の前が霞んだ。

(どげんしても戻って来ますけん、心配せんでよか)

母に誓った言葉を改めてかみ締め、心を強くするのだった。

やがて宵闇が迫り、天空には神話の星達が姿を現した。夥《おびただ》しい星屑が降ってきて、釜蓋城の桜を思い起こした。

枝垂れの早咲きの山桜だった。舞い散る花弁《はなびら》を手の平で掬《すく》い、おたまとその数を競った無邪気な戯れ。互いの母親達の無上の笑顔――。

疾風迅雷――。佐賀の龍造寺に急襲され、戦火に塗《まみ》れた。父は自刃し、母と城を落ちのびる途次、炎に包まれた城を呆然自失と眺めていた。

――爾来《じらい》、幼いながらもミゲルの心に寂寥感が鮮明に刻み込まれた。思い起こす度、父の無念腹に慟哭した。

――嗚呼《ああ》、無常の夢。

祈るしかなかった。マテオ福音書の「山上の垂訓」を唱えて慰みとした。


心の貧しい人は幸いである。

天国は彼らのものである。

柔和な人は幸いである。

彼らは地を譲り受けるであろう。

苦しむ人は幸いである。

彼らは慰めを受けるであろう。


ミゲルは格別、最後の句が好きだった。

明日のために心配するな。

明日は明日が心配するであろう。

一日の苦労は一日で足りる。（第六章）

何んという慰めであることか。祈りがなければ単調な生活に耐え切れず、使節の旅に出たことを後悔し、望郷の念で泣き明かしたやも知れぬ。

――ミゲル、15歳になろうとしていた。


魔のマゼラン海峡を喘《あえ》ぎあえぎ、這々《ほうほう》の態《てい》で通過する時、またもや多くの死者が出た。寝棺に入れられ船尾から海中に葬られる様は、見慣れた光景とは謂え哀れを誘われた。亡くなった仲間達の慟哭を聞くにつれ、誰からとなく祈りを捧げた。祈りの後、しんみりとした口調で口を開いたのはマンショだった。

「人間は早晩死にゆく。冒険は死の影を道連れに、すれすれを辿る旅のようなもんじゃなかろうか」

大人びた口利きだった。暫しの沈黙があった。マルチノが次いだ。

「今のごたる極限状態こそ、真の勇気や情熱、執念といったもんが試される。我々には神が付いておられる」

ジュリアンは自らを鼓舞するよう謂い放った。

「命を燃やせる、夢を持てる我々は幸せばい。弱音ば吐かんで突き進まんば」

ミゲルは彼らの虚勢にたじろいだ。

「そうばい。最後まで力ば尽くしたら、死なんて怖くなか。何時でも覚悟ば持てるばい」

やはり虚勢を張った。すぐさま母の面影が過《よぎ》った。心配性で弱々し気に、ミゲルの帰りを待ち望んでいる顔だ。

4人共真っ当なことを謂ったつもりが、頭でっかちであることを悟り、少々こそばゆかった。無理もない。意気軒昂、夢と理想を追い求める青春真っ盛りだった。

マゼラン海峡通過後、17日を要してサンタ・エレーナ島に投錨《とうびょう》した。船長から散々《さんざ》、此の世の楽園だと吹聴されていたこともあり、欣喜雀躍《きんきじゃくやく》。我先にと飛び降りた。

この島は後にナポレオンが流刑になり、一躍有名になった島である。正真正銘、噂に違わず楽園だった。果物や鳥獣、魚が容易に捕獲出来た。先人が果樹を植え、山羊や豚、鶏などを放していたからだ。小さいながら聖堂もあった。

白砂《はくしゃ》の浜を見つけるや、先を競って飛び込んだ。鬱憤《うっぷん》を振り払うよう、色とりどりの魚や海亀を追いかけて燥《はしゃ》いだ。ミゲルは岩場に寝転び、蒼天を仰ぎながら絶叫した。

「千々石の浜も綺麗かったばってん、こげん素晴らしかとこは初めてばい」

海の近くで育ったジュリアンは、溜息混じりに漏らした。

「ほんなこつ、中浦の浜に比べたら天国のごたる」

マルチノもマンショも口を揃えた。

「ここでずっと暮らしたか」

使命を忘れて思わず漏らした言葉に、本音が込められていた。息絶えだえの病人もみるみる元気になった。

――しかし、長居する訳にいかない。

サンティアゴ号は一路、ポルトガルのリスボンを目指して北上した。再び単調で退屈な日々が始まった。

いくら学習や祈りがあるといえ、1日は長かった。変哲のない毎日にやるせなさが募り、身をもて余した。他愛のない遊びや会話に飽き、独りになりたがった。

甲板の手摺りに凭《もた》れかかり、夢想に耽《ふけ》るのが日課になった。母のこと、おたまのこと、千々石の釜蓋城でのことを繰り返し反芻した。

船縁《ふなべり》を叩く波は、単調な音を立てていた。遥か彼方の水平線は、何時も同じ位置にあった。限りなく清澄で崇高な青空は無限の広大さを誇示し、萎えそうな心神《しんしん》を励ましてくれた。

――ある日の早暁、船員の耳を劈《つんざ》く濁声《だみごえ》が皆の眠りを醒ました。

「陸だ、陸が見えたぞ。リスボンだ、リスボンに着いたぞ」

寝床を蹴って甲板に出た。船員が指差す水平線上に確かに陸地が見えた。肩を叩き合い、抱き合って喜んだ。遅れてきたメスキータ師、ドラード、アグスチーノ、ロヨラとも手を取り合って喜び、神に感謝した。

長崎を発って2年半を擁した。勇躍、西欧の地に辿り着いたのだ。船員や奴隷達とも喜びを分かち合い、あちこちから歓声が上がった。

――その頃日本では、主君信長の仇を討った秀吉が、天下人として諸大名に力を誇示しようと、大坂城の築城を手掛けていた。

第3章　カタリーナ妃と南蛮の大王

壮麗なリスボンの街並は、今まで見てきたゴアやマカオとは明らかに違っていた。言葉を失い、ただただ見蕩《みと》れて立ち尽くす程だった。

これから西欧世界へ踏み込むのだ。高揚感で身震いが止まらなかった。

街に出ると白色人は無論のこと、褐色の肌のアラブ人や黒人、亜細亜系の黄色人が雑多に混在し、世界中の人種が集まる多民族社会を形成していた。

――リスボンの街に慣れ親しんだ頃、メスキータ師から旅立ち指令が出た。最終目的地のローマまで、先は長い。

スペインの国境に近い人口４０００人程の小さな街、ヴィラ・ヴィソーザに立ち寄った。ミゲルにとってこの街は、永遠に忘れられない街になった。

ヴィラ・ヴィソーザは、ポルトガル国王を生んだブラガンサ家の本拠だった。第7代当主ドン・テオドシオ2世はまだ16歳で、ミゲルらと同年代と聞いていた。

宮殿前で笑顔で出迎えてくれたのは、未亡人のドナ・カタリーナ夫人と、テオドシオ2世を筆頭に4人の男児達だった。

ミゲルは一目でカタリーナ夫人に魅せられ、おたまに対する感情とは違った不思議な高揚感を味わった。

なんと優雅で気品に溢れていることか。年齢は母と同じ位だろうか。妃殿下はずっと若々しく美しかった。少女みたいな含羞《はにかみ》が、ミゲルの心を鷲掴みにした。

ミゲルらが親許を離れ、2年半もの長旅を経て極東の果てから辿り着いたことを話すと、彼女は同じ年頃の子供がいるだけに感極まって、涙を零さんばかりにうち震えた。

「なんと素晴らしい……。信じられない……」

彼女の横溢する母性愛が全開した。4人を順次抱き寄せ、頬擦りして下さった。ミゲルは緊張の余りぎこちなく、突っ立ったままだった。

間近で仰ぎ見た時、得も謂われぬ甘い香りに包まれ、魂は宙を舞った。肌は透ける様に白く、皺ひとつない。瞳も宝石のように碧く輝き、見つめられると言葉を失った。

――その時、心配性の母が大村の侘《わび》住居で、何時も自分のことを思い煩《わずら》っている姿を想い起こし、不覚にも涙を零してしまった。

（今頃、母はどうしているだろう……？）

隠したつもりが妃殿下に涙を見られ、その理由を問われた。

「妃殿下にお目に掛っているうちに、自分のことを何時も案じている不憫な母を想い起こしたのです」

彼女は大仰に両手を翳《かざ》し――、

「おお、なんと親孝行な……」

と、感涙に咽《むせ》びながらミゲルを強く抱きしめて下さったのだ。

彼女の柔らかな感触と、甘い香りを再び確《しか》と嗅ぎ取った。

この感激を一生忘れないだろう。

食事会に臨み、妃殿下から日本の服装をして欲しいという要望があった。

羽織袴に大小を差し、厳《いか》めしい顔付きで歩いてみせると、列席者は感嘆の声を上げ、拍手喝采した。

しかし、ミゲルはテオドシオ2世だけは、冷ややかな表情で黙然と窺っているのを見逃さなかった。

同年代といえ、当主らしく落ち着きがあり、無口で威厳を漂わせていた。そんな彼の冷徹さが面白くなかった。不躾《ぶしつけ》とは思いながら訊ねてみた。

「口が重いのは威厳を保つためですか、生来のものですか？」

メスキータ師の目の色が変わった。しかし、彼は鷹揚だった。

「貴方達を見ていて、かつて10歳の時にアルカサル・キビールの戦いに参戦し、捕虜となった時のことを思い出していた。母君の従兄妹のスペイン国王フェリーペ２世に救出され、事無きを得たが、あの時の辛酸があればこそ、今日の私がある」

10歳の時に参戦したとは驚きだが、それにしても、何れ《いず》謁見するであろう南蛮の大王フェリーペ2世の名が、彼の口から出て驚いた。

テオドシオ2世は、母親似の端正な顔立ちながら口許を真一文字に結び、改めて4人を順繰りに見廻した。最後にミゲルを見据え、

「航海の際の苦難はどんなでしたか？」

「捕虜生活と大同小異だと思います」

即答すると、彼は破顔一笑。またとない笑顔を見せ、場はより打ち解けた。


——遂に、旅のひとつの目的である南蛮の大王、フェリーペ2世に謁見の時がやって来た。

彼は世界の大洋の制海権をほぼ手中にしていた。

その権力が余りにも強大すぎて、想像することすら出来なかった。

マドリードのレティロ宮殿に伺候《しこう》し、大王に拝謁した。諸侯や貴族が何百人と居並ぶ中、余りの豪勢な式典の前に4人の膝は震えていた。ミゲルは辛うじて、上目遣いで大王の様子を盗み見た。

上瞼が広く、異次元を彷徨《さまよ》うような瞳の奥には、冷酷非情の光が宿っていた。思わず身震いした。真横に伸びた口髭の先端は、宮殿内の空気を威圧していた。

周りの小さな騒《ざわ》めきに気を取られているうち、何時の間に大王がミゲルの横に立っていた。背筋が凍り着いた。大王は侍の身形《みなり》のミゲルの刀を興味深げに手にした。

「日本の侍とやらは、こんな美麗な刀で戦うものなのか？」

「はい」

手短に答えるのが精一杯だった。大王は刀の鞘の細工に目を留め、刀身を抜いて空中に翳《かざ》した。反り身の美しさに感嘆の声を上げられた。

さらにマルチノの着物に触れ、袴の腰板や紐を探り、袖口から手を差し入れて、

「何故に袖は広いのか？」

と、尋ねられた。通訳のメスキータが、

「小物を入れるためにございます」

と、答えると小さく頷き、次いで草履に興味を示された。慌ててマンショが脱いで差し出すと、手に取ってしげしげと眺める様に、ミゲルは大王の好奇心の旺盛さに一驚《いっきょう》した。

——ふと、僭越《せんえつ》ながらフェリーペ2世の繊細な風貌が、どことなく父直員《なおかず》に似ているように思った。

父は有馬家から千々石家に養子に出され、釜蓋城を託されたが、武将としての器が欠如していたように思う。学究肌で、戦術を練るより書物に親しむのを旨としていた。

フェリーペ2世は貪欲な野心家であり、そこが決定的に父と似而非《にてひ》なるものかも知れない。

宿舎として供されたのは、完成したばかりのエル・エスコリアール宮殿だった。

マドリード郊外のカスティリャ高原に、まるで蜃気楼《しんきろう》のように浮かび上がったその巨大な雄姿に息を呑み、ただ呆然と眺め入るだけだった。

この建物は王宮と修道院、サン・ロレンソ教会から成り、冷徹な外観とは異なって、中は煌《きらび》

やかな装飾で彩られ、夥《おびただ》しい財宝や絵画、彫刻の蒐集《しゅうしゅう》が国王の栄光と理想を物語っていた。南蛮の大王の強大な権力を否というほど見せつけられ、巨大な足裏で踏み潰される蟻のような心地がした。

——と同時に、国王の孤独を思った。栄耀栄華《えいようえいが》の陰に嫉妬や陰謀が渦巻き、猜疑心《さいぎしん》で眠れぬ夜を過ごしているに違いない。

——それが権力者の常なのかも知れない。大王が神経質そうに、何気に鼻を指先で掻く仕草を見てそう思った。

我が身の気楽さを思った。しかし、謂うまでもなく、重大な使命を帯びている。自分は何のために西欧に使わされたのか？　ヴァリニャーノの思惑通り、ただ見せられ聞かされたものを、日本に帰って語るためなのか？

ただの猿になりたくない。自分なりに西欧を見てみたい。

自我に目覚め始めていた。

蓋《けだ》し、異国の斯様《かよう》な建物や文化に触れるにつけ、西欧の世界が如何に優れているかを知らしめんとする、ヴァリニャーノの思惑が見え隠れするようになった。

責務を全うするのは当然のことだ。

——同時に、人間的にも成長せねばならない。

そのことを具《つぶさ》に感じたのは、花の都フィレンツェを訪れた時だった。イタリア・ルネサンス文化が花開き、ドゥオーモを始め、建築や美術など街全体が躍動し、正に青春を謳歌していた。

シニョリア広場でミケランジェロの『ダビデの像』を見た時だった。全身が震える程の衝撃が走った。数多《あまた》の優れた美術品を見てきたが、この時ばかりは違った。

活力に溢れた躍動表現は、女性美をも内包しているのか、若き男性の裸像にも拘わらず官能的だった。

ふと、この像に劣情を憶えている己に、悍《おぞま》しさで、思わず身震いした。おたまに対する淡い恋心や、カタリーナ夫人に感じた憧憬《しょうけい》とは明らかに違った。不思議な小波《さざなみ》だった。

20代前半に制作したという。峻烈《しゅんれつ》な青春時代の戦いの中から生まれ出たであろう彼の情熱と、創造的想像力には壮絶さすら感じ取れる。

――ミケランジェロは、神を確《しか》と捕えていたのだ。

それに引き換え自分は……？　神の存在すら認識したことがなく、己の姿さえ見失いそうになっているではないか。

メスキータ師に問うと、

「主に全てを委ね、ひたすら祈りなさい」

と謂うだけで、問題解決に繋《つな》がらなかった。

因《よ》って、徒《いたずら》に神に仕えることにも懐疑的になり、半端な自分と戦いながら懊悩《おうのう》の日々を過ごすしかなかった。

第4章　ローマ凱旋

――1585年3月23日、ローマは意想外な国の英雄達に響《どよめ》き、歓喜に湧き立っていた。

かつてのローマ帝国の栄華を語る数々の遺跡が、彼らを熱烈に出迎えた。

波涛万里《はとうばんり》、長崎を出港し3年2か月余。過酷な長旅が正に報われようとしていた。

地の涯てからやって来た若者達を一目見んと、街路や建物の窓という窓に野次馬が群がっていた。

ミゲルは前夜から眠れずにいた。夢にまで見たパッパ様、ローマ教皇に謁見出来るのだ。この痺《しび》れるような感動を、長崎の大村で独り寂しく自分の帰りを待つ母親に伝えたかった。

羽織袴に大小を帯び、襟元に襞《ひだ》付きのハイカラーを付け、白い鳥の羽と金色の房付きの帽子を被らされた。珍妙な格好に皆笑い転げたが、その輪の中にジュリアンが居ないことに気が付いた。

ジュリアンは外されたのだ。彼はメスキータ師に目の色を変えて詰問した。

「残念だが、4人という数は歓迎されないのだよ」

無下にされて泣き崩れた。他の３人のどんな慰めの言葉も耳に入らず、彼の無念さが分かるだけにそっとするしかなかった。

ジュリアンは抑々《そもそも》、補欠的仔細で選択された経緯があり、謂わば既定の方針だったのだ。護衛兵や騎馬隊に守られ、葦毛の騾馬《らば》にまたがり、行列は長々と続いた。

ヴァチカン宮殿に入ると、煌《きら》びやかな装いの枢機卿や司教、貴族達が埋め尽くしていた。正面に深紅の鮮やかな法衣が目に入った。金色の眩しい冠を被って鎮座しているのがローマ教皇、グレゴリオ13世だ。

マンショ、ミゲル、マルチノの順で御前に進み出た。

「おお、我が子達よ。よくぞ東方の国からはるばるやって来た」

教皇は瞼を潤わせて、優しく抱擁して下さった。

ミゲルは教皇の前に進み出て、有馬鎮貴（後の晴信）と大村純忠の書簡を奉呈した。

「日本の王が予の許に使節を送ってくれたのは、神の意思に他ならぬ」

教皇が応えると、割れんばかりの歓呼の声があがった。そして教皇は、航海中のことや日本のことに興味を示され、なかなか解放して下さらなかった。

――ローマはミゲルに更なる感動を与えた。

ミケランジェロに再び遭遇したのだ。

サン・ピエトロ大聖堂内の入口右側奥に、ひっそりと立つ彫像が気になった。磔《はりつけ》になったイエスを膝に抱いた、聖母マリアの嘆き悲しむ姿だった。ミケランジェロ作の『ピエタ』と聞いて、五感が張り詰めた。マリアの嘆きは、聖母と母親の立場が綯《な》い交《ま》ぜに錯綜しているように思えた。

——すぐさま母を思った。自分がイエスの立場になり替わったら、母は如何に嘆くだろう？　母が縁先で空を仰ぎ、自分のことを案じながら溜息を尽いている姿が思い浮かんだ。息災だろうか……。

——システィーナ礼拝堂に入った時、ここにもミケランジェロが居た。驚天動地、眩暈《めまい》がした。

天井いっぱいに描かれた壮大なスケールのフレスコ画、『最後の審判』を目の当たりにし、圧倒され見蕩《みと》れるばかりだった。彼の才能は画家としても傑出していた。

ミケランジェロは何を訴えているのか、ミゲルの理解を遥かに超えていた。ただ、この時代の新しい精神と改革を表しているのだけは感じ取れた。人間業《わざ》とは思えない彼の才能に、長い年月をかけて解決していかねばならぬ宿題を、突きつけられた思いだった。

彼の作品に出会えたことは、無上の喜びだった。それだけでも西欧に来てよかったと思った。

一行は何処に行くにも歓待を受けた。枢機卿の壮麗な屋敷や別邸に宿泊したり、教皇の甥とか姪と称する貴顕らにも招待された。

甥とか姪は教皇の実子だと謂う。体面上、高位聖職者の子供もそう呼ぶと聞かされた。妻帯が許されているのだ……。

納得出来なかった。メスキータ師に問うた。

「聖職者の私有財産や妻子がいることを、どげん思われるとですか？　イエス様の教えから逸脱しとると思わんですか？」

彼は狼狽《うろた》えた。

「それは、大いなる誤謬《ごびゅう》だよ。そんなことがあり得る筈がない」

苦しい言い訳に立場を窮し、逃げるように部屋に籠ってしまった。

――この時からだった。カトリックに対する疑念を抱くようになったのは。

キリスト教世界のカトリックの頂点に立つ教皇とは、何のために存在するのだろうか？　何故に王のような権力を持ち、振舞うのか？

――と同時に、磔になったキリストを思った。惨めな死に方をし、人々の身代わりになったというのに……。

ヴァリニャーノは、使節達にキリスト教国の繁栄やローマ教皇の威光を具《つぶさ》に見せようとした。そのことは大凡《おおよそ》成功したが、ミゲルには裏目に出てしまった。

ヴァリニャーノの意図は、反面キリスト教国の負い目でもあったのだ。

ミゲルの脳裏には、これまで見てきたアジア諸国やアラブの悲惨で極貧の情景が駈け巡った。西欧のキリスト教国はそれらの地域を植民地化し、搾取した財貨で生活しているのだ。

歓迎攻めと多大な栄誉と厚遇が却《かえ》って負担になり、些《いささ》か疲労を覚えるようになった。独りになって、暫し群衆の叫喚から逃れたかった。

浴槽にゆったりと浸り、遠い千々石と大村に想いを馳せた。田圃《たんぼ》の畦道や小川で、虫や小魚を遊び相手にしていた日々を追想した。殊に、無下にした筈の母の懐の温かさが無性に恋しかった。

――そして、西洋料理に辟易した舌が、母の芋の煮ころがしや漬物の味を渇望していた。さらに、マカオに売られて行ったおたまのことを思い起こすと、止めどない感傷の深淵に沈んで行くのだった。

第5章　フェララ公妃

1585年6月3日――。

日本国と日本人という存在をローマの地に刻印し、印刷機などの新しい技術と知識を携えて、悠々と帰路に就いたのだった。

その途次、とりわけ印象深かったのは、ヴェネツィアの南にある堅固な城壁に囲まれたフェララ公国に立ち寄った時だった。

着くなりジュリアンが高熱を発して病臥した。

フェララ公は医師達に全力を尽くすよう厳命した。春爛漫の満開の桜を思わせる公妃は、零れる笑顔から優しさに溢れた母性愛が横溢《おういつ》していた。

心配気に彼を気遣う振りをして、看病する彼女を盗み見た。マンショやマルチノは公妃と会話する時、顔を赤らめ声が上擦《うわず》るのを見て、同じ気持ちなのを知った。

20代半ば頃であろうか。ジュリアンの手を取り、額に手を当てて必死に慰める様を見て、ミゲルは代わりたかった。どちらかと謂えば頑健な方ではなく、こういう時に発熱しなかったのが悔やまれた。

ご夫妻には3歳位の女の子が1人いた。人形みたいな愛らしさで、人見知りするのか絶えず母親から離れず、母親のドレスの影に隠れていた。

——思いつきだった。

彼女の毬《まり》を拾い上げ、かつておたまから教えて貰った『手毬唄』を歌い出した。

てんまりポンポンてんまりポン
お陽様ごきげんてんまりポン
お庭のスミレもてんまりポン
母さん笑顔でてんまりポン
てんまりポンポンてんまりポ〜ン

毬を突いて手の平や甲に乗せ、空中に放り1回転、2回転、右足、左足に潜らせさらに1回転……。

興味を示した彼女は歌いながら遊び出した。

「たんまりポン、たんまりポン……」

大喜びだった。公妃も辿々《たどたど》しい日本語で歌いながら、一緒に燥《はしゃ》いだ。

公妃は『手毬唄』の由来を訊ねられた。幼馴染みから教えて貰ったことを話すと、

「唄を聴いていると、日本の情景が浮かびます。彼女に宜しく伝えて下さい」

おたまがマカオに売られたことを話すと、大粒の涙を零しながらミゲルの手を取った。

「なんと痛ましい。そんなことがあるなんて、信じられません」

彼女はミゲルを抱き締め、

「おたまさんのために祈りましょう」

ミゲルと共に聖堂のマリア像の前に跪き、祈りを捧げて下さったのだ。

——嗚呼、なんという優しさ。

それだけで留まらなかった。ミゲルらの疲労困憊《こんぱい》し生気のない表情は、各地での歓迎攻めのせいだと鋭敏に感じ取られたのだ。

寛《くつろ》がせるため、歓迎式典は行わず別荘であるスキファノイア宮に招き、狩猟や乗馬などで英気を養わせて下さった。

食事も肉料理に辟易し、殆ど野菜や果物しか食べないことや、日本では米が主食だということをメスキータ師からの情報で知っていた。

そこで彼女は米を取り寄せ、米を使った料理を作らせた。魚貝類をふんだんに使ったスペイン料理のパエリアだった。

彼らは米が入っているのを見て狂喜した。

「うわあ、米が入っとる。何年振りやろ。やっぱり米は美味しかばい」

喜色満面。魚貝で味が染みた米だけを貪《むさぼ》った。公妃はそれを見て微笑んだ。

「日本では米をどうやって食べるのですか？」

ミゲルが答えた。

「釜に水を入れて炊くだけです。水や火の加減が難しかとですが」

「それでは朝食の時に試させましょう。お気に召すかどうか……」

どんなご飯が出来るか、期待に胸を膨らませた。

――翌朝、懐かしいご飯の匂いが漂っていた。スープ皿に盛られていたのはお粥だった。水の加減が難しかったのだろう。しかし、美味しかった。梅干があれば最高だったろうが、塩味だけで十分だった。

久方振りの日本の味に、体中に力が漲《みなぎ》るのを感じた。

やがてジュリアンの病も癒え、別れの時が来た。僅か4日間の逗留だった。名残り惜しさが募り、去り難かった。

公妃は4人に金銀製の造花を贈った。

「これだったら、長い旅路でも枯れることはないでしょう。日本の母君の許まで持ち帰れますように」

彼らにとって何物にも替え難く、どんな珍奇で高価な贈物より嬉しかった。

ミゲルにとり、ローマ教皇やフェリーペ2世との謁見は当然至極のこととして、カタリーナ公妃やフェララ公妃との交流は意想外のことだった。お2人の優しい笑顔が心の芯まで染み渡り、生涯消え去ることはないであろう。

第6章　不信と疑念

ローマを出立して約2年の月日を要し、1587年5月にインドのゴアに到着した。当地ではヴァリニャーノが、使節一行の帰着を一日千秋の思いで待ち焦れていた。

彼はまず、4人が息災なのを喜んだ。親や親族達に、彼らを無事に連れ帰ることを約束していたからだ。別離から3年半の月日が、彼らをすっかり大人びた姿に変えていた。

マンショが南蛮の大王フェリーペ2世や、ローマ教皇謁見の感激を興奮気味に報告した。

ヴァリニャーノは満足そうに頷きながら、彼らの無精髭を摘まんで揶揄《からか》った。

「髭なぞ生やしおって。よくぞ無事に帰って来た。この日をどれだけ待ち焦がれたことか」

ミゲルは、ヴァリニャーノの意図やイエズス会に疑念を抱くようになっていたが、彼との再会を素直に喜び、忌憚《きたん》なく彼の胸に飛び込んだ積りだった。

――しかし、己の心情が微妙に変化していることに気付いていた。

――そこに、信じ難いことが突発した。持ち帰ってきた王侯貴族からの贈物を、イエズス会員が悉《ことごと》く奪い去ってしまったのだ。

さらに驚くべき情報がロヨラからもたらされた。彼らは私利私欲のため巧妙な手口を弄し、商売や交易にまで血道をあげているという。

彼らの貪欲と極悪非道ぶりに、非難の声が上がるのは無理からぬことであり、ミゲルの不信の念がさらに膨らむのは当然至極だった。

――翌年の4月、ヴァリニャーノはインド副王の使者として、使節らを伴って日本に向かった。

一旦マカオに入港した際、日本に於けるキリスト教の情勢が急変していることを知った。大村純忠や大友宗麟が相次いで亡くなり、秀吉による迫害が始まっていた。

ミゲルは父の兄である純忠公の死を、甚《いた》く悲しんだ。遣欧使節に選抜されたことを殊の外喜んでくれ、帰朝譚《たん》を真っ先に語りたかった人である。

更にミゲルを悲しませた。一番信頼のおける修道士のロヨラが喀血し、床に就いたのである。航海中から咳込み、心配していた矢先だった。

彼を見舞う度毎に、彼の悲痛な声を聞いた。

ヴァリニャーノは、使節行の報告書と謂うべき『対話録』を執筆していた。日本語訳を語学に堪能なロヨラに任せていたのだ。

従ってロヨラは、ヴァリニャーノの心の内が手に取るよう分かっていた。

何故か『対話録』の主人公にミゲルを起用し、彼に奔放に語らせていた。極端なまでに西欧キリスト教社会を礼讃させ、日本を蔑視していた。

ロヨラにとって耐えられないものだった。ヴァリニャーノの創作だった。息も絶えだえながらも、確《しか》とミゲルを見据えた。

「我々は、ヴァリニャーノ師から、単に利用されたに過ぎんとじゃなかやろか……」

衝撃的だった。ミゲルの手を取った。

「よかかミゲル。彼は日本をキリスト教世界に仲間入りさせようとしとる。ばってん、師の思うごと進んだら危なか」

「危なかて……一体？」

「ヴァリニャーノ師と謂うより、イエズス会の野心たい。今はまだ布教や伝道の陰に隠れとるばってん、機会が到来したら顔ば出すやろ。西欧諸国ば訪ねとって、感じんやったね。栄耀栄華の陰には、植民地の人々の、涙が見えたろうが」

「はい……薄々感じとりました」

「だけん、日本でのキリスト教の有りようを、冷静な目で見守って欲しか」

「分かりました。ばってん、他の3人にも謂わんとですか」

「彼らは守旧派たい。敢えて道から外れることはせんやろう」

ヴァリニャーノに対する不信の念は、まだ現実味を帯びてなかったが、ミゲルの心に澱《おり》となって残った。

——1589年9月、日本人修道士ジョルジエ・ロヨラは皆に看取られながら、マカオの地で客死した。27歳の若さだった。

兄と慕い、薫陶を受けてきたミゲルにとって、悲しみは計り知れないものがあった。彼が残してくれた言葉の数々、決して忘れることはあるまい。

サン・パウロ教会前の広場の柵に凭《もた》れかかり、物思いに沈むようになった。このマカオに売られて行ったおたまのその後のことも、頭の中を巡っていた。

この7年間、彼女はどう生きてきたのだろう。

ふと、石畳の隙間に根を張って咲いている、健気な小さな黄色の花が目に入った。逞しさがおたまに想えてならなかった。彼女はきっと、この花のように逞しく生きているに違いない。

祈りと学習に没頭することで、次第に悲しみや苦悩も薄れていった丁度その頃、最後の航海に出立する日を告げられた。遂に夢にまで見た長崎に帰れるのだ。

——と同時に、おたまを連れて帰れぬ無念さが再び頭を過《よぎ》った。「すまぬ」と一言詫びて、ぽろぽろと涙を落すのだった。

第7章　いざ、長崎

――1590年（天正18）6月20日、遣欧使節らを乗せた定航船エンリケ・ダ・コスタ号が、勇躍長崎港に到着しようとしていた。

8年と5か月を要する長旅だった。出港当時、13歳前後だった彼らは、20歳を過ぎたばかりの溌剌たる青年に成長していた。

甲板に出た4人のやつれた頬を、長崎のやはらかな初夏の風が撫でていた。病弱なミゲルはまたしても熱発で寝込んでいたが、3人の仲間に抱き支えられていた。

「旨かばい。やっぱ、長崎の空気は旨か」

ミゲルが喘ぎながら沁々《しみじみ》呟くと、3人も合槌を打ち、肩を叩き合って喜びを爆発させた。

「万歳――っ、遂に帰って来たぞ、長崎――っ」

港外の崖の上には、出港した時と同じ姿で岬の教会が出迎えてくれた。西欧の華麗な教会を見慣れた目には、変哲もない姿だが、懐かしい旧友に出会えたようで瞼が滲《にじ》んできた。

「禁教令が布《し》かれ、厳しか状況に置かれとるかと思うたばってん、教会が残っとる」

ミゲルが謂うと、マンショが頷いた。

「うん、これなら希望がもてるかも知れん」

マルチノとジュリアンも頷き合った。

――遂に、突出した長い岬の先端近くに巨大な南蛮船は静かに錨を降ろした。


遣欧使節帰着の情報は、マカオから入ったジャンク船からイエズス会に寄せられ、噂は遼原の火の如く広まっていた。

大村喜前《よしあき》と有馬晴信の許にも、すぐさまもたらされた。

秀吉によってバテレン追放令が施行されていたから、港には大迎な出迎えはなかった。

喜前はミゲルの母を伴い、長崎街道を突っ走ってやって来た。晴信は数日遅れで海路を辿って駈けつけていた。

ミゲルらは小舟に乗り移り、岸壁へと向かった。マンショとジュリアンに両脇を抱えられながら、8年5か月振りに長崎の地を踏みしめた。足裏が長崎の土を確かめるように、微かに震えた。

彼らの変貌振りに目を見張り、南蛮気触《かぶ》れの服装に好奇の目と騒《ざわ》めきが彼らを出迎えた。

ミゲルは真っ先に母の姿を捜した。疎《うと》ましい存在だった筈なのに、今は誰より会いたかった。

厳《いか》めしい武将に伴われ、前屈みで白髪混じりの初老の女性が目に入った。

——母だった。すぐに分かった。

「母上っ」

大声で叫んだ。彼女は声の主を呆然と眺めていた。

大人びた青年が立っていた。少年の頃の息子の面影をやっと探し当て、喜色満面——。

「ミゲ——ル」

絶叫は震え、哀切を帯びていた。8年5か月の長きを耐えてきた悲痛な響きがあった。母の手を取り、愛おしげに抱き締めた。相互いに言葉にならず、嗚咽を漏らし続けた。

「母上、息災で何よりばい」

「よかった、よかった、無事でよかった……」

それだけで十分だった。

側に居た武将が、頃合いを見計らって声を掛けてきた。

「ミゲル殿、よう戻られた。憶えとるか、喜前じゃ。父はそなたの帰りを心待ちにしとったが、3年程前に身罷《みまこ》うてしもうた。代わりに迎えに参った次第」

従兄弟にあたる喜前とは、三城《さんじょう》城で何度か会っている筈だが、憶えてなかった。お屋形らしい貫禄が備わっている。彼の目許に、純忠公の面影を見つけることが出来た。

「忝《かたじけ》のうございます。お陰様で無事帰着出来ました」

「落ち着いたら、是非大村に参られよ。土産話をしこたま聞かせてくれ。長崎では人目を憚る故、これにて失礼する」

喜前は辺りを見回しながら数人の供を引き連れ、そそくさと去って行った。やはりキリシタンは苦境に立たされているのだ。

母がヴァリニャーノ師に慇懃《いんぎん》に平伏《ひれふ》し、何度も頭を下げて礼を述べている姿が目に入った。

宿舎の岬の教会に入り、母の作った粥と梅干しで弱った体を労《いたわ》った。日本の味が、胃袋に染み渡った。

母に土産話を語っても、聴いているのかいないのか、ただミゲルを見つめて涙ぐんでいるだけだった。母には8年5か月は余りにも長過ぎた。

おたまがマカオに売られたことを話すと、衝撃が大きかったのか、引き攣《つ》った声で嗚咽を漏らし続けた。話したことを後悔した。

——翌日、有馬晴信が家臣共々、海路を辿り駈けつけてくれた。彼も喜前同様、幾度かの荒波をくぐり抜け、逞しく成長していた。

「無事によう帰られた。8年5か月とは、考えただけで気が遠くなる。出港の頃とは見違えて、ミゲル殿とは分からなんだ」

「晴信殿も立派なお屋形様になられて、昔日の面影はありませぬ」

「是非、有馬に見えられよ。あちらの話をじっくりと聞きたい。家臣達も心待ちにしておる」

本来なら先ずは、有馬と大村への凱旋報告が筋である。しかし、ヴァリニャーノの思惑は違った。天下人である秀吉の謁見が最優先だった。

バテレン追放令が布かれた今、日本での布教は風前の灯に曝されていた。せめてイエズス会に対するお目零《めこぼ》しと、あわよくばバテレン追放令の撤回にあった。

――彼の賭けだった。

――そこに、彼を悩ます問題が噴出した。

イエズス会の司祭ペドロ・ラモンが、伊東マンショをはじめ4人の使節の身分は偽称であり、ローマ教皇やスペイン国王らに届けた書状は偽造であるという告発をしたのである。

さらに、ヴァリニャーノ自らも加担した、イエズス会の上長コエリヨの日本の植民地化計画であった。軍事力をちらつかせ、日本を統治しようと密かに武器を持ち込んでいたのである。秀吉に露見しそうになり、ヴァリニャーノは焦っていた。

彼の野心を、何時の頃からか見抜いていた。彼の行動の裏には、絶えず打算と策謀が蠢《うごめ》いていることを――。

それは彼がイタリアの貧しい家に生まれ、聖職者にも拘《かかわ》らず、立身出世、栄耀栄華を夢見る野心家だったからに他ならない。

第8章　秀吉謁見

秀吉から上洛の沙汰があって、長崎を発ったのは11月に入ってからだった。

――その間、ミゲルは生きるべき道を惑い、悶々としていた。

母は相も変わらず、千々石家の再興を切々と訴えてきた。煩わしかった。

どう生きたいかが先決だった。聖職者の道を断念するとして、代わりの道が見つからない。

播磨の室津に入って足止めにあい、長逗留を余儀なくされた。11月も終わりかけていた。室津は三方を山に囲まれた風光明媚で穏やかな所である。

逗留中、秀吉への年賀のため西国の武将らが室津へ次々と立ち寄った。遣欧使節一行が滞在していることを知ったからだ。帰朝譚を聞きたがった。

キリシタン大名の高山右近、小西行長、毛利輝元らが集まった。ミゲルらの話を興味深げに聞いた後、彼らはヴァリニャーノの居室に籠った。明かりは深更まで灯っていた。

その頃から秀吉の狂気に満ちた風聞が次々と伝わってきた。

先ずは、千利休の愛弟子山上宗二《やまのうえそうじ》を打首にした話。次いで、千利休の娘おぎんを側室として差し出すよう強要したが、拒み通したがため死に至らしめた話だ。

さらに、棄教を拒んだ寵臣高山右近を改易処分にした話には、驚きを通り越し色を失った。

——極め付きは、千利休が切腹を命じられたことだった。謁見の直近、4、5日前のことで、一同心臓が縮み上がった。

秀吉の得体の知れぬ凶暴さを思った。権力者の孤独と脅えの裏返しだろうか。すぐさま南蛮の大王フェリーペ2世の、猜疑心に満ちた孤独な眼光を思い出した。

ミゲルとて武士の子の端くれである。恨難辛苦の船旅をも経験して、死など恐れぬ性根が据わっていた。しかし、秀吉の行状を聞くにつれ、戦《おのの》きを感じざるを得なかった。

——2月も10日過ぎになって、漸《ようや》く秀吉から聚楽第へ急遽上洛せよとの沙汰があった。

聚楽第は秀吉の栄耀栄華を究めた城であり、宮殿だった。木造建築といえ、造形や装飾は西欧の城や教会建築に退けをとらぬ、繊細で優雅なものだった。日本にも斬様《かよう》な職人芸術が存在することに、誇りと高揚感を覚えた。

300畳はあろうかと思われる大広間に通された。緊張の極にあった。金色を基調にした屏風や襖絵が否が応でも目に入った。

豪華絢爛の成金趣味は、貧困からの成り上がりに起因しているのか、信長の受け売りで権力者に上りつめた者の常なのか……。

大広間の両側には大勢の家臣団が畏《かしこ》まって控えていた。太鼓が静寂《しじま》に響き渡ると、一同は平伏した。

――秀吉がゆるりと現れた。

ミゲルの位置からはかなり距離がある。思った以上に小軀だった。表情は見てとれない。皺だらけで貧相な形《なり》に両目だけが異様に鋭い光を放っていた。

何歳ぐらいだろうか。実年齢よりかなり老けているだろう。ひとつひとつの皺に、幾多の戦乱を潜り抜けてきた辛苦《しんく》が刻み込まれているように思った。

謁見の儀式終了後、饗膳が出されたが、緊張の余り喉を通らなかった。最前から秀吉がしきりに上目遣いで窺っていたからだ。

――見たこともない料理に気を取られている刹那、秀吉が目の前に座り込んでいた。

「ミゲルとやら、おぬしの生国は肥前の何処ぎゃ?」

皺と染みと血走った目が威圧した。

「千々石でございます」

「――なら、有馬の一族じゃな」

権力者に懐疑的になっていたミゲルにとり、横柄な彼に戦《おのの》き阿《おもね》る必要などなかった。真っすぐに血走った目を見据えた。

「我が父は、有馬の出でございまする。私が幼少の頃、龍造寺隆信に滅ぼされました」

だからどうなんだ、という開き直りだった。有馬家に迷惑が及ぶかと思ったが、精一杯だった。

――大広間に緊張感が走り、時間が止まった。

秀吉は、「うむ、さようか」と小さく頷きながらも、上目遣いで暫く睨《ね》めつけていた。

彼はやおら、使節一行の傍らの西洋音楽器に目を移した。眦《まなじり》が和らいだ。

「其方《そちら》は楽器の演奏が出来るのじゃな。所望いたす」

ミゲルはクラヴォ（鍵盤楽器）を、マンショはラウデ（リュート）、ジュリアンがアルパ（ハープ）、マルチノがラベキーニャ（三弦楽器）を手にした。西欧各地でも演奏し、手慣れた楽器だった。

『皇帝の歌』の一節を歌と共に演奏した。今まで聴いたことのない異質な響きに忽《たちま》ち秀吉の顔が綻び、目を細めて聴き入っていた。

「なんとも妙なる音色だぎゃ」

何度も繰り返し、同じ曲を所望した。彼は酒《しゅ》を嗜《たしな》みながら上機嫌だった。ヴァリニャーノは頃合いとばかりに、バテレン追放令とイエズス会の布教のお目零《こぼ》しを切り出そうとした矢先だった。

秀吉が機先を制するよう、マンショの前に進み出た。

「そちは日向の伊東の一族だそうじゃな。どうじゃ、余に仕えぬか？」

突如のことにマンショは、口を開けたまま窮していた。本気なのか、揶揄《からかい》なのか……。我に返って、当意即妙の返答をした。

「仰せは有難いのですが、私めを拾い上げ、これまで育てて頂いたパーデレ様の恩を、仇で返すような訳にいきませぬ。どうかご容赦下さいませ」

秀吉は暫しの間を置き、「うむ」とだけ小さく頷いた。固唾《かたず》を飲んで見守っていた使節一同は、マンショの賢明さに舌を巻いた。

——と同時に、ヴァリニャーノは秀吉に嘆願する機会を逸してしまった。

以後、家康の時代を経て明治時代に至るまで、キリスト教は潜伏することになるのである。

使節一行が有馬を訪《おとの》うたのは、天正19年（1591）5月に入ってからだった。

日野江城の掘割を舟で進むと、かつて此の地で少年時代を過ごした彼らを、睡蓮と菖蒲の花が和《にこ》やかに迎えてくれた。

先ず、誰が謂うとはなしに、彼らの足はセミナリヨに向かった。記憶の彼方の有馬の街並は、道幅も家々もより小さく見えた。

セミナリヨから、少年達のラテン語を唱和する元気な声が漏れてきた。ミゲルが思わず大きな声で、

「昔と同《おんな》じことばやっとるばい」

と謂うと、マンショが指を口に当てた。開け放たれた窓から中を窺うと、希望に満ちた坊主頭が並んでいた。かつての自分らの姿を思い出して微笑んだ。

秀吉のバテレン追放令が、この有馬にまだ及んでいないのが嬉しかった。

日野江城の二の丸に続く石段に、まさに足を掛けようとした時だった。戦慄が走った。

この石段はセミナリヨ時代、キリシタンによる神社仏閣の破壊行為が行われ、墓石を転用し

たものだ。あちこち墓碑銘が見える。当時、この石段を何気に上り下りしていた。

足を掛けることを躊躇した。他宗教とはいえ、驕《おご》りは許されるべきではない。そろりと革の靴を脱いだ。誰にも気付かれることなく、裸足でゆるりゆるりと石段を上って行った。

本丸の大広間で晴信と相目見《あいまみ》えた。型通りの挨拶を交わす時、晴信は緊張の余り声が上擦っていた。可笑しかった。

新築成ったばかりの御堂に通され、ミサが執り行われた。中を重臣達が埋め尽くしていた。教皇から拝領した服に着替えて登場すると、響《どよ》めきと拍手が起きた。

教皇の親書をミゲルが晴信に奉呈した後、聖十字架献呈式を行った。ヴァリニャーノが聖十字架を晴信の頭上に翳《かざ》し、金の鎖を首に架けた。晴信は感激の余り、滂沱《ぼうだ》の涙を流した。

西欧各地での歓待ぶりや、栄誉の数々を話し聞かせた。何よりローマ教皇やフェリーペ２世との謁見式の模様は、圧巻の極みだった。聴衆は感涙に咽《むせ》んだ。

晴信は連日催し物で彼らを持て成し、その度毎ミゲルに土産話を所望した。同じ話を２度、３度繰り返しても、彼は恍惚の表情で聞き惚れた。

辞去しようとする彼らを再三引き止め、８日間も長逗留させた。

有馬を去る際、晴信はミゲルを呼び寄せた。

「どうじゃ、当家に仕えぬか。西欧の事情に篤い者が居ると心強い」

心を見透かす甘言だった。

イエズス会やヴァリニャーノに対し、漠たる不信の念が芽生えているのは事実だった。かと謂って、どう生きたらいいのか……。目を瞑ってこのまま聖職者の道を目指すのか、別の道を選択するのか……。別の道とて、確信に満ちた選択肢がある訳ではなかった。

晴信か喜前に頭を下げれば、何らかの職分を与えて貰えるやも知れぬ。

――しかし、城勤めが務まるとは思えなかった。

「有難いことですが、今のところ神の道に仕えることしか考えておりません」

そう答えるしかなかった。

「うむ、そうであろう」

晴信は目を瞑って、寂しそうな顔をした。


――次いで訪れたのは大村だった。

うだる暑さに閉口しながら、三城城に着いたのはその日の夕刻だった。

堀端の夾竹桃が暑さにめげず、桃と紅、白の溌剌たる花々を咲き揃え、ミゲルらを出迎えた。

大手門の前には、喜前と重臣を初め純忠夫人のしんほふと、純忠の長女でミゲルの従姉にあたるお伊奈が出迎えてくれた。

しんほふは純忠の後妻でありながら、喜前ら先妻の子や重臣等にも慕われていた。ミゲルの母も使節行の間、一方《ひとかた》ならず世話になっていた。

「しんほふ様には母が大変世話になり、誠に有難うございました」

「なんの。ミゲル殿の帰りを、2人して今か今かと待ち望んでおりましたぞ」

涼やかな笑みを返された。

お伊奈は2つ、3つ年長の筈だ。三城城では、加留多や人形の着せ替え遊びに付き合わされた記憶がある。他に弟や妹は居たのに、ミゲルが扱いやすかったのかも知れない。

彼女は幼少の頃の面影を僅かに残していた。10数年振りになろうか。眩しいほどの純白の梔子《くちなし》の花に変身していた。隣に控えているのが、夫である城代家老の浅田純盛だった。精悍で厳めしい顔付きながら、眼差しは穏やかな光を放っていた。

——似合いの夫婦だと思った。

「りっぱにお役目を果たされ、無事に帰られて何よりです。父上が存命なら、さぞお喜びになられたであろうに。どんなにお帰りを心待ちにしていたことか」

「叔父上に報告を楽しみにしておりましたのに、残念でなりませぬ」

——亡き純忠公の追悼ミサの後、有馬の時と同じ聖十字架献呈式を行った。喜前は晴信同様、感激の余り幾粒もの涙を滲した。

当然の如く、土産話を所望された。ミゲルの熱を帯びた話に、喜前初め重臣等が目を輝かせて聞き入った。その様子を柱の陰で見ていたヴァリニャーノが、一瞬間ほくそ笑んだ。

それを偶然垣間見たミゲルは、大蛇の舌で舐められたようで猂《おぞま》しかった。彼の意のままに動かされていることに、改めて気付いたからだ。

本来、キリスト教国の裏の面を語りたかったが、触れる訳にいかなかった。喉の奥に押し込んだ。

此処でも持て囃された。喜前から連日酒席に招待され、同じ話を何度も所望されて閉口した。酒を嗜《たしな》めなかったから、余計苦痛だった。

何気に見せた表情を、浅田純盛は見逃さなかった。小声で話し掛けてきた。

「お伊奈が昔話ばしたかと、心待ちにしとります。明日にでも拙宅に寄って頂けまいか」

否応なく承諾した。

――帰朝後多忙を極めたせいもあり、その夜は久方振りに母と水入らずだった。

「お前が留守にしている間、しんほふ様とお伊奈様には一方《ひとかた》ならず世話になったと」

「もう聞いた話じゃけん、2人にはちゃんとお礼ば謂うとった」

邪険に答えたが、聞いてなかった。

「しんほふ様は、ほんによう出来たお方ばい。純忠様に先立たれても、先妻の子達や自分の子も分け隔てなく接しておられる。純忠様譲りの篤信のキリシタンばい」

「そげん雰囲気ば感じさせるお方たい。明日、お伊奈様の邸に招かれとる」

「そうね……。虚弱児だったお前を、慣れぬ異国の地で体調を崩しとらんか、大層心配してくれよんなった」

「それはそうと、母上にお土産があるとよ。フェララ公妃が金銀製の造花を呉れなったと。美しゅうて、優しか公妃様やった」

薔薇の花を配《あしら》った見事なものだった。

「こげん素晴らしかもんば貰うても、老い先は短か。気持ちだけで十分ばい。そうじゃ、しんほふ様に差し上げたらよか。せめてもの恩返しに」

母は生来、物欲に執着がなかった。ミゲルも受け継いでいた。

——翌朝、西欧の出立ちで出掛けた。浅田邸は三城城から程近く、家老職の家格の割に門構えは質素だった。

門前で出迎えてくれたのは、意外にもあどけなさと嫋《たお》やかさが同居する少女だった。ミゲルの珍奇な形《なり》に大仰に驚いた。薄紅の桜の花に似た清楚な花を手にしている。

——この花には見憶えがあった。

彼女の首には小さなクルスが架けてある。

「千々石ミゲル様ですね。お待ちしとりました。私、もえと申します。どうぞ、中へ」

(はて、2人の子にしては大き過ぎる……)

——百花繚乱《ひゃっかりょうらん》。庭には桃や木蓮、レンギョウ、カタクリ、矢車草、ひなげし、梨など種々の花が咲き乱れ、芳香を競っていた。

彼女が手にしている、薄紅の花を思い出した。

(——そうだ、マカオのサン・パウロ教会の庭に咲いていていた)

純盛とお伊奈が揃って現れた。純盛はミゲルの怪訝そうな表情を推し量った。

「この子は、家士だった両親が亡くなり、身共が世話をしているのでござる」

「道理で……。して、もえ殿が手にしている花は、マカオで見たことがあるとですが？」

「海棠《かいどう》とか謂うて、長崎の商人がシナから持ち帰ったとば手に入れたとです。この子が大事に育てて、この春初めて咲いたとこです。ミゲル様が見えるというので、切り花に……」

お伊奈がそう答えると、もえは海棠の花のように含羞《はにか》んだ。

もえが座敷の床の間に海棠を飾ると、部屋中が華やいだ。去ろうとするのを、純盛は止め置いた。

ミゲルとお伊奈は、幼い頃の話に興じた。彼女を姉のように慕い、甘えていた昔日が懐かしい。彼女は男勝りなおきゃんな性格だったが、ミゲルには優しかった。

――ふとした話が琴線に触れた。おたまのことを思い起こしてしまったのだ。

「釜蓋城で仲の良かったおたまが、長崎港を発つ同じ船でマカオに売られて行ったとです。落城後、どげん運命を辿ったとか。助けてやれんで思い出す度、心が疼《うず》くとです」

お伊奈は彼女のことを憶えてなかった。年の頃がもえと同じ位の時と聞いて絶句した。

「外国に売られて行く悲しみは如何ばかりか。想像を絶します」

彼女は涙ぐみながら十字を切って祈りを捧げると、もえもそれに倣った。

――暫しの沈黙が漂った。純盛が機転を利かせた。

「もえ、ミゲル殿に伺いたかことがあるって謂いよったやろ。尋ねてみんね」

彼女は大きく深呼吸をして、ミゲルを真っすぐに見据えた。

「ミゲル様が見た西欧て、大村とどげん違うとでしょうか？　西欧にキリスト様やマリア様はおらしたとですか？」

他愛ない質問が嬉しかった。

「大地と海の限り無い広さには、驚天動地でした。西欧の建物は、粘土に砂を混ぜて焼いた煉瓦や石で作っとるとです。屋根や壁の色が街全体で統一されて、見事な景観でした。

街の象徴の教会はまさに芸術品で、絵画や彫刻、ステンドグラスで彩られとるとです。

――もえ殿に一目でも見せてあげたか」

最後の一言に彼女は紅潮し思わず拳を固く握り締めた。

「大村の街とは偏《ひとえ》に似而非《にてひ》なるもの。その中にはキリスト様もマリア様も見つけることは出来んやったとです」

「そしたら、何処におらしたとですか？」

もえは不満気だった。

「常に心を研ぎ澄まし、神の存在を求め続けたとです。嵐の海の中、礼拝堂や教会の中、街中の喧騒の中、静かな風景の中、奴隷や貧しき子供達の瞳の中、教皇様の心の中、ローマのヴァチカン宮殿の中にも神を見出せなかったとです」

彼女は、（そんな馬鹿な……）という途方に暮れた表情をし、胸のクルスに手を遣って今にも泣き出しそうだった。

「しかし、イタリアのフィレンツェでミケランジェロという天才芸術家の作品に、唯一神が宿っていると感じたとです。

――それに、そうそう、フェララ公国のフェララ公妃や、ヴィラ・ヴィソーザのカタリーナ妃にお会いした時、マリア様の再来かと思った程です。お2人共美しさと優しさを兼ね備え、しかも母性愛に満ち溢れたお姿は、此の世の人とは思われんやったとです」

——すると彼女は、不機嫌そうな顔をして退出してしまった。ミゲルは戸惑った。お伊奈は笑みを浮かべていた。

「まだ子供ですけん、気にせんで下さい。それより先程の話、教皇様の心の中にも神を見出せなかったとは、どげんことでしょう?」

純盛も頷きながら膝を乗り出した。

「昨日拝聴した教皇様謁見の模様と、まるで真逆の事を……?」

「如何にも。話していいものか躊躇《ためら》いが……」

ヴァリニャーノやイエズス会は渋い顔をするに違いない。彼らの思惑通りの、在り来たりな土産話より真情を吐露したかった。この2人なら、親身に聞いてくれるだろう。

「ローマ教皇に謁見した時は、正に歓喜の極み。目的を果たせた喜びで舞い上がっとったとですが、後に知ったのは教皇様も枢機卿様も大邸宅や別荘を構え、妻帯もしておられるとです。子供はさすがに甥とか姪と称して外聞を憚っておられます。イエス・キリストは、どげん思うでしょうか?」

「まさか、そげんことが……?」

2人は絶句した。純盛の入信は純忠公の影響だ。お伊奈は幼児洗礼だった。今は2人共篤信家を自認している。

「キリスト教に対する漠たる疑念が湧出したとです。ヴァリニャーノ様は、西欧キリスト教世界の良い面だけを見せ、俗悪なもんに蓋をしようとしたとです。いいもんも悪いもんも、いっぱい見て来ました。宗派同士の醜い争いもです」

2人には別世界の出来事だった。どう返事すればいいか分からず、固まっていた。

キリスト教は神仏を凌駕《りょうが》する愛の神であり、生活の拠り所だった。ミゲルの提案は予想もしないことで、彼らを強烈に揺さぶった。

純盛がミゲルを真っすぐ見すえた。

「我々にとって息苦しか世の流れになってきたが、この国はどげんなるとお思いか？」

「太閤殿下はキリシタンに対し寛大かと思いきや、バテレン追放令ば出したり、揺れとるごたるです。バテレンの背後に潜む銃口に、脅威ば感じとるとは確かです」

「背後に潜む銃口とは……？」

「武力で手っ取り早く、植民地にしてしまおうということです。西欧のキリスト教国は、世界中の植民地から吸い上げた財貨で潤うているとです」

――事実、極東に散っているバテレン達は、母国の軍事力を後ろ盾にしていた。

「斯様《かよう》に懐疑的で、向後どう生きる心積りです？」

お伊奈の核心を突いた問い掛けだった。

「私が属する一大勢力のイエズス会に限ってのこと。他の会派は清貧を美徳とし、キリストの精神を頑なに遵守《じゅんしゅ》しとります。

かつて神社仏閣が破壊されたように、教会が同じ様な事態に陥るやも知れませぬ。例えそうなっても、信仰は守り通すことが出来る筈です。教会あっての信仰ではなく、信仰あっての教会ですけん」

客観的意見はどうでもいい。答えになっていないではないか。純盛はミゲルの心積りが測りかねた。

——畢竟《ひっきょう》、どう生きようというのか。例え聖職者の道を断念したとして、別の道を目指そうという覚悟と信念があるのだろうか？

（ならば大村家に仕えては……）

と、純盛は喉元まで出かかったが、徐《おもむろ》に言葉を飲み込んだ。

彼のような清流に棲む魚は、濁流では生き辛いだろう。

純盛は30を少し過ぎていた。今の職を8年程前に父から譲り受け、辛苦《しんく》の多さを知っていた。

——漸《ようや》く絞り出した決意表明も揺れていた。

「この艱難《かんなん》を乗り越えてこそ、イエス・キリストに近づけるのだと思うとります」

若さ故なのか。観念だけが先走った、正に迷える子羊だった。

——やおら、持参したヴィオラを取り出した。演奏を披露するためだ。お伊奈がもえを連れて来た。もえは照れ臭そうに顔を出した。

妙なる音色に、3人は異郷の世界に惹き込まれた。目を閉じると、西欧の風景が見えるようだった。もえは感動のあまり涙を浮かべていた。彼女を密かに観察してみる。

（感受性が強く、芯は強そうだが優しさを兼ね備えている。茶目っ気もあり、利発そうで可憐さは、あの海棠の花のようだ）

ふと、彼女が目を開けた刹那、まともに目が合ってしまった。動転し、演奏を違《たが》えてしまった。

純盛とお伊奈夫婦は仲睦まじく、もえも養女といえよく懐《なつ》いていた。2人の間には幼い男の子が居て、家庭的な安らぎを醸していた。

2人には時計を、もえには螺鈿《らでん》細工のオルゴールを贈った。殊にもえは余程気に入ったのか、両手で慈しむよう包み込み、不思議な音色に恍惚として聴き入った。

「ミゲル殿、貴方のため門は何時も開けておく故、遠慮のう参られよ。また、いろんな話をしてみたい」

純盛の厚情に、慇懃《いんぎん》に深々と頭を下げた。

ミゲルの後姿を見送りながら、お伊奈が純盛に謂った。

「融通がきかず、真っすぐなとこなんか、貴方そっくりですばい」

純盛は、「うん」と頷いたきり黙り込んだ。ミゲルは敢えて茨の道を歩いて行くような気がしたからだ。

（それも生き方のひとつかもしれない……）

母と2人だけの生活は閉口だった。長いこと独りきりにさせた罪滅ぼしと、優しく対応していた。ふた言目には千々石家の再興を懇願してきた。

「大村か有馬に士官ば願い出てはどうね」

常套句《じょうとうく》に堪《たま》らず飛び出した。何時の世も、母親と息子の関係は戦《いくさ》なのかも知れない。

ぶらりと行く当てもなく街中を逍遥した。誰も千々石ミゲルだと気付かないし、振り向かない。こうやって気儘に歩けることが新鮮だった。足は一行が滞在している三城城に向かっていた。

大手門を抜けた所でヴァリニャーノと鉢合わせた。

「おー、ミゲル。母上に孝行しましたか？ ところで、天草の修練院での生活が始まります。修道士になるための勉強期間です。準備しておいて下さい」

修練院の話は以前から聞いていた。聖職者になるための第一歩という訳だ。

——決断の時が迫っている。

マンショ、マルチノ、ジュリアンに訊いてみても、彼らは修練院入学を当然の如く熱望していた。ドラードに相談しても、

「勉学に励んで損はなか」

否応無しだった。

——ミゲルは21歳になろうとしていた。

見識が足りないのか、決断力がないのか。西欧まで行って見聞を広げた筈なのに、否、見聞を広げたが故の悩みなのかも知れない。

浅田家を訪ね、可憐な海棠の花に安らぎを求めようと思ったが、やるせなさが躊躇させた。

内田川の川べりに腰を下ろし、もの思いに耽《ふけ》るうち夕闇が迫っているのに気が付いた。母が待つ家にすぐには帰りたくなかった。

ふと、ネコヤナギの枝先が光っているのに気が付いた。その光がゆらゆらと飛んで来た。蛍だ。そっと両手で包み込むよう捕まえた。優しい光が明滅している。

なつかしい。かつて釜蓋城下で蛍狩りをしたことがあった。その中におたまもいた。

蛍は人差し指の指先までよじ登ると、ミゲルに話し掛けるよう何度も光を放った。飛び立って、再びネコヤナギの枝先に止まった。光が水面に映り、幽かにゆらめいている。

おたまを思い起こした。息災だろうか。彼女の幽《かそけ》き魂が、蛍の光となって飛来してきたような気がした。

――光が霞んだかと思いきや、涙が頬を伝っていた。


ヴァリニャーノとイエズス会に対し、漠たる不信の念を抱えたまま、何んとは無しに修練院入学を決めてしまった。

母を8年も待たせたうえ、また何年待たせることになるのだろう。母に対する反発が、修練院入学を決意させたひとつの要因とはいえ、申し訳なさで気が重かった。

――1591年7月下旬。


天草のノヴィシャード（修練院）へ向かう前日、浅田家を訪れた。

梅雨明けしたばかりの太陽が、クワッと照りつけていた。邸内に入ると、竹垣に巻きついた一輪の朝顔が挨拶してくれた。もえの笑顔は、朝顔にも似ていると思った。海棠の花がオルゴールを携えて出て来た。朝顔より、やはり海棠の花だ。

「毎晩オルゴールば聴いて寝ると、夢の中でヨォローパの街ば散策出来て楽しかです」

余程気に入ったのだろう。飽きる程見た西欧の街を、ほんの一端でも彼女に見せてあげたかった。

純盛とお伊奈は、親身に励ましてくれた。

「取りも直さず、進むべき道が見つからんとなら、待つのもひとつの道。勉学に励むとは悪かことではなか」

「苦悩の先にこそ、光が見えてくるとじゃなかやろか。イエス様が導いてくれよんなるばい。お母上のことは心配せんで、勉学に集中すればよか」

在り来たりといえ、有難かった。深々と頭を下げ、辞去しようとした。暫しの別れと知ったもえは、自室に走った。掌《てのひら》に収まる程の貝殻を、照れ臭そうに差し出した。

「寂しくなった時に耳に当てれば、いろんな音や声が聞こえてくるとです」

白い巻貝だった。耳に当てると、成程海の音が聞こえてきた。

「これはもえ殿が大切にしてたんじゃ……」

「オルゴールがあるから大丈夫です。大事にしてあげて下さい」

「それは有難う。大事にするばい」

帰って来るのは何年後になるだろう。その時は、海棠の花ももはや浅田家には居ないかも知れぬ。

第9章　天草修練院

——天草のノヴィシャード（修練院）入学者10数人を乗せたフスタ船は、島原半島の南端の口之津から出港した。船首に大砲を備え、櫂《かい》と帆で進む小型の軍用船だった。

そもそも軍用船を所有していること事態、奇異だった。日本征服計画を秀吉に勘繰《かんぐ》られ、ヴァリニャーノも最初は推進派だったが、思い止まった。無謀なことを悟り、躍起になって押し止めたのである。

船は羊角湾《ようかくわん》の崎津に着いた。修練院は河内浦《かわちうら》城が見える一丁田《いっちょうだ》川の畔《ほとり》に建っていた。サンチャゴの祝日に、正式にイエズス会の入会が許可されると謂う。抜き差しならぬ状況に追い込まれていく。

ジュリアンが勇み立った。

「まずイルマン（修道士）になって、何時の日かパードレ（司祭）になりたか。パードレになることこそ、ローマまで行かせてもろうた我々の恩返しばい」

他の2人も頷いて拳を天に突き上げた。彼らの明確な目標が羨ましかった。

――修練院での生活が始まった数日後、母が突然訪ねて来たのには驚いた。独りでやって来たと謂う。今更ながら、修練院生活を思い留まるよう、泣きながら懇願されて閉口した。母の凄まじい執念に、ヴァリニャーノ師もさすがに呆れ果てたのか、今度ばかりは顔を出さなかった。

崎津まで母を送りながら、自分の人生は好きに歩ませて欲しいと、最後通牒のつもりで告げた。

母は何も謂わず小さな背中を丸め、帰りの舟を待っていた。もうすぐ五十路《いそじ》を迎える筈だ。謂い過ぎを少し後悔した。崎津港の波は静かだった。上空でずっと獲物を狙っていた鳶《とび》が急降下し、魚を掴んで飛び去った。

連日、学業と祈りに明け暮れた。どちらも辛いものだった。学業はラテン語が主体で、2年目に入ると倫理学や哲学、人文科学、日本文学が加わった。熱心でなかったから当然の如く、成績は芳しくなかった。

祈りの主題は、イエズス会に対する懐疑的不信感と、イエス・キリストとの対話だった。（イエズス会にこのまま留まったとして、十字架を背負いきれるだろうか。一生デウス様に従い、己を捨てて奉仕することが出来るだろうか……）

黙想に連日、何時間も費やした。イエス・キリストに問い掛けてみても、何も答えてくれる筈がない。

そんな心傷《こころやぶ》れた虚ろな夜に、決まって取り出すのはもえから貰った白い貝殻だった。耳に当てると、その日の心模様を見透かして、波の音だったり、音楽だったり、木々の間を縫う風の音だったりした。

——時には、もえの子守唄に似た囁きに、陶然として癒された。

改めて、彼女が己の心を占有していることを知らされた。今や崇敬すべきは、イエスやマリアより海棠の花だった。

——文禄元年（1592）、秀吉は15万8千もの大軍を朝鮮に派遣した。文禄の役である。晴信と喜前も、小西行長の麾下《きか》として朝鮮に渡ったという報が伝わってきた。

飽くなき秀吉の欲望——。

謁見した際、秀吉の垂るんだ目尻の奥の充血した鋭い眼光を思い浮かべ、嫌な感慨に囚われた。

——そんなある日、隣のコレジオ（学院）に島原半島南端の加津佐から、ドラード達の印刷所が難を逃れて引っ越してきた。

満開の桜が強風に煽《あお》られ、花弁《はなびら》を散らしている頃だった。

逼塞《ひっそく》していたミゲルは、〝兄貴分〟のドラードの出現に狂喜し、早速心境を吐露した。彼は弟を悟すよう耳元に囁やいた。

「焦らんでよか。苦悩の先にこそ光が見えるとたい。それより、ヴァリニャーノ師がマカオに発ったげな」

意外だった。何故マカオに？

「日本に見切りばつけたとでしょうか？　それとも、どげん理由で？」

「師はなんとか理由ばつけて、日本ば脱出しようとしよんなった。ばってん、博覧強記の人ばい。何か思惑があるとやろう。そんうち、大きか土産ば持って帰るに違いなか」

彼との距離がますます離れていくのを感じた。もはや彼は日本に戻らないんじゃないかと、夕焼け空を見ながら思った。

移転してきた印刷所は、修練院の隣の小屋で終日《ひねもす》ガタゴトと雑多で忙しそうな音を立てていた。

その頃から学業が終わると、修練院の側を流れる一丁田川で過ごすようになった。ドジョウやメダカ、カニ、ナマズ、ゲンゴロウ、カエルらと親しんだ。

かつて、釜蓋城下の小川でおたまと遊んだことを懐かしんだ。彼女はカエルを怖がり、触ろうとしなかった。

——またもや、彼女との思い出が苦しめた。

そんな時、救ってくれたのはもえの無垢な笑顔と白い貝殻だった。

海棠の花は、今頃何分咲きになっているだろうか……。

あちこちで、教会やレジデンシア（駐在所）の破壊が始まっているという噂が聞こえてきた。

不穏な日々の中、文禄2年（1593）7月、ミゲルは他の3人と共になんとか修練院を終えることが出来た。

イルマン（修道士）として誓願を立てたのである。ノヴィシャード（修練院）から隣のコレジオ（学院）に移った。

――これから、パードレ（司祭）への道を目指すのだ。全員で40人程だった。目は輝いていた。唯一、ミゲルを除いては……。

授業の合間、学生同士で白熱した討論を闘わせることがあった。その中心は常にマンショだった。輪の外で彼を遠目に見て嫉妬していた。自分は熱がないくせに、彼に対してだけは敵愾《てきがい》心《しん》を抱いていた。

遣欧使節で同じ正使だったから、という拘泥《こだ》わりとしか思えなかった。なんと矮小《わいしょう》な男であることか――。

マンショが来世の有無を提言した時だった。ミゲルの敵愾心に拍車がかかった。

「何故、キリシタン宗門がこげん迫害されるに到ったか、考えたことがあるね？」

提言から外れた不躾《ぶしつけ》な物謂いだった。マンショはミゲルを睨みながら不機嫌そうに答えた。

「そりゃあ、権力者が無知蒙昧《むちもうまい》だけんたい」

「そうじゃなか。宣教師の神仏諸宗派に対する排他的な態度と姿勢が問題やと思う。教理に反するということで、神社仏閣を悉く破壊させてしもうた。今度は逆に我々が仕打ちを受けとる」

マルチノが口を挟んだ。

「迫害の嵐の中にこそ、真の信仰の自由はあるとばい」

「そげん綺麗事ば謂うとる場合じゃなか。宣教師達の日本侵略計画が露見した話ば聞いたことあるやろ。ヴァリニャーノ師も加担したとげな」

禁忌を犯した言《こと》の葉《は》に、皆は顔を見合わせて沈黙した。決して、口外すべきじゃなかったのかも知れない。

――最初の一歩を踏み出してしまった。

(この際だ。謂いたいことば謂うてしまおう)

「イエズス会の内紛も知っとるやろ。ポルトガル人とスペイン人は犬猿の仲やし、西欧人の日本人蔑視も許し難か。そげんことが、キリシタン迫害に繋《つな》がっとると思わんね」

彼らは俯《うつむ》いて、さらに口を閉ざした。席を外す者もいた。一言も発しない彼らが信じられなかった。ましてや、使節仲間3人の沈黙が許せなかった。比較的親しくしていたジュリアンに問い掛けた。

「ジュリアン、どげんね。謂いたかことがあったら謂うてみんね」

「うん、ミゲルの謂うとおりかも知れん。ばってん、我々は口に出せんばい」

マンショもマルチノも頷き合った。

「それじゃ、責任の逃避ばい」

激高したが、彼自身イエズス会という権力に対し、声高に諫言《かんげん》する気概も勇気もなかった。

――1598年8月のある日のことだった。夕食後、寛いでいると、扉を勢いよく開けて入って来た者がいた。

――ヴァリニャーノ師だった。頬は痩《こ》け、髪は薄くなっていた。

6年前にマカオに出港して、もはや日本に戻って来ないだろうと決め込んでいただけに、驚きは尋常ではなかった。

己を誤魔化すよう、師の胸に真っ先に飛び込んだ。

「おー、ミゲル、貴方達も元気そうで何よりです。私はマカオに、日本人が勉強出来るコレジオを開校しました」

彼は日本での布教に限界を感じていたが、日本人司祭を養成する夢は捨ててなかった。しかし、相も変わらぬ修道会内部からの猛反発に辟易していた。

「マカオに派遣する留学生を、選考するために来たのです」

一同が響《どよ》めいた。

――と同時に、ライバル心が沸出《ふっしゅつ》した。ミゲルは迷走していた。司祭への拘泥《こだ》わりはなかったが、選考だけはされたかった。

それが遣欧使節の正使としての誇りだった。

――その1か月半後、秀吉が没した。醍醐での盛大な花見の宴の後、病の床に就き、62歳の波乱の生涯を閉じた。

秀吉の後継を巡り、五大老と五奉行の駆引きが始まっていた。同様に、ミゲルの運命も風雲急を告げていた。

通っていたコレジオが急遽閉鎖されることになり、同じ天草の志岐《しき》に移転した。引っ越しの荷の整理がやっとついたと思った矢先、各地の教会が悉く破壊されているという情報が矢継ぎ早に入ってきた。

不穏な空気が流れ、全員が浮き足立っていた。

ミゲルは志岐の海岸に立ち、夕暮れの静かな海を見つめていた。漣波《さざなみ》が規則正しく打ち寄せていた。

——決断の時が迫っていた。

(イエズス会に入会して早や7年か……。相も変わらぬ内部対立や、日本人蔑視の狭義な考え方には辟易だ。

そんなことより、肝要は己の取るべき道だ。ここは少なくとも、一生身を捧げる所ではないような気がする……)

生まれ故郷の千々石は、眼前に広がる千々石湾の右前方の筈だ。釜蓋城が落城し、母と2人で落ちのびた在りし日を偲んでいた。

(母上はどうしているだろう。やはり、泣きながら千々石家の再興を願い続けているのだろうか。許して下され……)

——ふと、海棠の笑顔が浮かんだ。

彼女を思わぬ日はない。19歳位になっているだろうか。朱色がかった蕾の姿のまま、心に留まっていた。よもや、他家の庭で芳香を放っているのではあるまいか。

懐から白い貝殻を取り出して、耳に当ててみた。呻《うめ》きとも吐息ともつかない甘美な音色だった。

——切なかった。今更ながら、彼女を恋い求めていることを知った。面《おもて》を上げると、歌が一首過《よ》ぎった。

含羞《はにかみ》に刺されて痛し花海棠
何処《いずこ》に在《おわ》す天草の空

気が付くと、何時の間にやら夕闇が迫り、千々石湾上に宵の明星が一際光り輝いていた。その星に向かい、ある決意を伝えた。

第10章　もえの果し状

終業式を待たずして、コレジオを真っ先に飛び出したのはマルチノだった。長崎に行き、教会堂で説教を始めた。これが評判を呼び、どの教会でも聴衆が溢れんばかりだと謂う。

マンショは天草のセミナリヨで教え、ジュリアンは肥後の八代《やつしろ》の教会で働き始めた。ミゲルは大村の母の許にいた。母が寝込んでいると聞いたからだった。大事には至っていなかった。7年の間にまた一段と老けが込み、白髪三千丈《はくはつさんぜんじょう》になっていた。

「ミゲル、今度こそ母の許に居てくれるんだろうね。千々石家の再興ば果たしておくれ。そうじゃなかと、死んでも死にきれんばい」

この期に及んでも諦めていなかった。イルマンに昇格したことを報告して、早々に外出してしまった。

足は浅田邸に向かっていた。海棠の花に会いたかった。7年の間に、蕾が何分咲きになっているだろう。

純盛とお伊奈が両手を広げ、満面の笑みで迎えてくれた。もえは所用で出掛けていると謂う。それを聞いて安堵した。嫁いではなかったのだ。

母に対する心遣いの礼を述べ、7年間の修行の結果、イルマンになったことを報告した。肝心な〝決意〟は海棠の花にも聞いて欲しかった。

——と、その時、慌ただしい足音が玄関から跳んで来た。

息せき切って現れたのは、満開の海棠の花だった。今を盛りとばかりに、零れんばかりの笑顔だ。色白で、豊かな黒髪に立ち姿もすらりとした、清楚な色香を発散させていた。

「よく帰られました。7年間の修行、お目度うございます」

面映ゆかった。7年間は辛苦と蹉跌《さてつ》の連続だった。もはや三十路《みそじ》を数年後に控え、未だ迷走している自分が恥ずかしかった。

お伊奈は、もえとミゲルの互いを見る目が上擦っているのを見逃さなかった。これまで数多《あまた》の縁談も、何かと難癖をつけて断っていたが、合点がいったと思った。

落花流水——。しかし彼は聖職者だ。可哀想だが思いは叶うまい。

ミゲルは俯いていたが、意を決したように面《おもて》を上げた。

「聖職者の道を断念し、イエスだけに向き合おうていく所存です」

思いも掛けぬ宣言だった。純盛がミゲルの本心を探るよう口を開いた。

「7年の間に、どんな心境の変化があったとですか?」

「それ以前からです。西欧諸国を巡っている時に感じた、聖職者の堕落や驕《おご》り。帰国後もイエズス会内部の諍《いさかい》や、異会派との醜い争い事も辟易でした。いずれも、イエスの教えからの著しい乖離《かいり》です」

お伊奈が恐るおそる訊ねた。

「棄教宣言ですか？　どんな道を歩むお積りです？」

「先ずはイエズス会からの脱会です。このまま骨を埋《うず》める訳にはいきません。福音は神の真理です。それを求めるのに、諸会派の存在などそもそも不要だと思うとります。イエスだけを愛していきたい」

もえが首の十字架を爪繰《つまぐ》りながら、不安そうに尋ねた。

「マリア様はどげんするとですか？」

「マリア様は心の拠り所ですけん、ずっと棲みついてくれるでしょう」

もえは安堵の小さな吐息を漏らした。そして、ミゲルを凝視した潤んだ瞳が彼の情念と絡み合い、２人は互いに赤面した。

——その刹那《せつな》を目にしたお伊奈は、２人の抜き差しならぬ関係を憂慮した。

帰りしな、もえはミゲルに含羞《はにか》みながら耳許で囁いた。

「ミゲル様から頂いたオルゴール、大切に聴いてます」

ミゲルは嬉しさを抑えながら、「うん」と頷き、

「私ももえ殿から頂いた白い貝殻、慰みでした」

自分で謂っておいて照れながら赤面し、俯いた。

——爾来《じらい》、連日浅田邸を訪れた。日がな一日、彼女と他愛のない話をしてゆく。お伊奈をあきれさせた。

決意を秘めて訪れるのだが、肝心なところで尻込みをしてしまう。煮え切らぬミゲルに、もえはやきもきした。

——そんな折、ヴァリニャーノが日本人修道士のマカオ派遣の人選を発表した。マンショとジュリアンが選ばれ、ミゲルとマルチノの名はなかった。

ミゲルは固《もと》より脱会するつもりだったから、例え選出されても辞退しただろう。マルチノの名がなかったのは、日本人司祭を叙することに反対する、有力なバテレンの策動があったということだ。

そういう狭量な考え方が、許し難いのだ。西洋人だろうが東洋人だろうが、構わないではないか。

——丁度その頃、1598年末に朝鮮出兵から帰っていた喜前が、三城城に代わる玖島《くしま》城の築城に着手していた。三方を海に囲まれた要害の地で、朝鮮出兵の折、新しい城の必要性に鑑《かんが》みてのことだった。

もえを城見物に誘い出した。城は8分通り完成していた。職人と見物客でごった返している。

天守閣はなく、堀を巡らし、櫓や城門で守りを固めていた。南口にあたる大手門は堅固な石門で、ここから二の丸、本丸へと続いている。

城と同時に、５つの武家屋敷街も造成中だった。２人は浅田家が移り住むことになっている、城から程近くの上小路《うわこうじ》の一画を訪れた。邸宅は既に完成し、塀の築造に取り掛かっていた。

「新しか屋敷は住みやすかごたる。庭も広うて、もえ殿も楽しみやろ」

在り来たりな会話に、彼女は黙りこくっていた。何気に、マカオ派遣の選に漏れた経緯を話した時だった。

彼女の情念が爆発した。

「だったら、どんな生き方がお望みです？　イエズス会が厭だという話ばっかりで、ミゲル様の生き方が一向に見えません」

辛辣な一撃だった。面目を失った。

彼女は過言をすぐさま後悔した。覆水盆に返らず。彼女から突き付けられた果《は》し状《た》だった。

聖職者の道を断念するとして、どんな選択肢があるだろう。母が望む一国一城の主には向いていないが、侍も悪くないかも知れぬ。喜前殿に頭を下げてみようか、と思い始めていた。

――そんな折、母の死は突然やってきた。

その日の前日、夕餉を共にしたが重湯さえ喉を通らなくなっていた。それでも口は達者で、相も変わらず千々石家の再興を譫言《うわごと》のように話すのを、老いの繰り言と受け流していた。

翌朝、母は帰らぬ人となっていた。安らかな死に顔だった。享年55歳。母は自らの人生をどう思っていたのだろう。父とハライソ（天国）で会えただろうか。

何もしてやれない親不幸な息子だった。悔いて慟哭した。

太閤亡き後の覇権を巡り、1600年の9月15日、天下分け目の関ヶ原の合戦が始まった。東軍は僅か1日で西軍を蹴散らし、国内は内戦状態に陥った。

九州では豊前の黒田如水と肥後の加藤清正が徳川方に付き、旗幟《きし》を鮮明にしていた。喜前は加藤清正との縁で東軍に付き、清正軍の麾下《きか》として肥後の小西行長軍と戦を交える予定だった。出陣を前に、新築なった玖島城の落成式が執り行われた。簡素にすませ、喜前は慌ただしく出陣した。

新築なった浅田邸を訪ねてみた。色取りどりの海石を積み固めた五色塀の漆喰の白さが、青空に映えて鮮やかだった。

塀越しに、木槿《むくげ》の淡紅色の無垢な顔が覗いている。お伊奈ともえが出迎えてくれた。純盛は出陣していた。

もっぱら戦の話題で終始した。加藤清正軍は、小西行長軍の宇土城を攻略にかかっているという報せが入っていた。

留守を預る家族にとって、戦ほど厭なものはなかった。西国の小大名と謂えど、周囲から脅かされ続け、安まる時はなかった。

家中に緊張の糸が張り巡らされていることに、ミゲルとて気付いた。戦の結果如何《いかん》によって、藩や家族の存亡に関わるのだ。

ミゲルは己の愚昧《ぐまい》さを恥じた。決意を秘めて訪ねたが、純盛殿が留守では埒《らち》があかない。池の鯉が跳ねた音が、居間までやけに大きく響いた。

もえが門口まで送ってくれた。２人共無口だった。百舌《もず》が柿の木の梢で「キーッ」と鋭い鳴き声を放った。

鳴き声に促されるように、意を決した。彼女を真正面から見据えた。

「私と一緒に……歩んで貰えまいか」

精一杯だった。暫くの沈黙があった。俯いていたもえが微笑んだ。

「私もこういう運命になると、覚悟しておりました。ここまでミゲル様を待っててよかった」

もえの手を取って、神に感謝した。

門の陰で咲き始めた萩が、紫の花弁《はなびら》を微かに揺らして祝福していた。

清正軍は小西行長の宇土城を落として、肥後一国を掌握した。喜前と純盛が玖島城に凱旋したのは、秋の真っ盛りだった。大手門前の紅葉が出迎えた。

家康公より大村藩の所領は安堵され、藩内には安寧な日々が戻った。

――秋日和のある日、ミゲルは浅田邸を訪れた。本来なら然るべき人を立てるべきかも知れないが、敢えて独りでの直談判を選んだ。

純盛の顔付きが変わっているのに驚いた。目が吊り上がり、眼光が険しかった。戦場での鎬《しのぎ》を削る命の遣り取りが、男を変えるのだろう。

戦勝の慶賀を述べると、本題に入った。

「もえ殿との婚礼、お許し願えませんでしょうか。必ずや幸せにしてみせまする」

純盛は目を瞑ったまま動かなかった。漸《ようや》く目を見開いた。

「もえを宜しくお願い申す」

と、頭を下げた。彼女の強い意思を尊重した。

意外だった。事がすんなり運ぶと思ってなかっただけに、ミゲルは素直に喜んで平伏した。お伊奈はただ微笑んでいた。

別室に控えていたもえが呼ばれ、ミゲルの横に座った。2人の年齢差は10歳だ。しっかり者の彼女の方が上に見えた。

——それにしても、聖職者の道を断念し、先の見えぬ男と連れ添う決意をよくぞしたものだ。遣欧使節の英雄と謂えど、世渡り下手な不器用な男だ。養父母の勧める縁談に従えば、相応の人生を送れただろうに。

幼い頃、彼女の両親は義を貫いて身罷《みまか》った。身寄りがなかった彼女は、浅田家に引き取られながらも、両親の生き様を色濃く憶えていた。

この先、安穏な生活が待ち受けているとは思わなかった。却ってその方が、自らの人生に相応しいと思った。

純盛は敢えて荒海に出航しようという彼女に、実の娘以上の愛おしさを覚えた。なんと健気で逞しいことか。自分らが彼女を育ててきたと思っていたが、実はハライソ（天国）の両親に育てられていたのかも知れない。

秋も深まった11月の吉日、祝言は宵の口に浅田邸で簡素に行われた。もえが着ている紅梅絣《かすり》の小袖は、お伊奈の心尽くしだった。

両親と長男の前安《あきやす》が出席し、ごく内輪だけの式だった。

固めの杯を交わし、祝いの膳が出されて歓談に移るまで、ミゲルは緊張の極みにあった。

徐《おもむろ》に彼女を見遣ると、朱色に染まった満開の海棠の花が微笑み返した。彼の顳顬《こめかみ》から流れる一筋の汗に気付き、指の背で拭いてあげた。

——嗚呼、なんと優しい心延《こころば》えであることか。

ミゲル31歳、もえ21歳。当時、珍しいぐらいの晩婚だった。

第11章　千々石清左衛門

新婚生活は、内田川添いの借家住まいから始まった。

冬の小春日和。縁側の日溜りで繕い物をする新妻の膝を借り、書を繙《ひもと》きながらの膝枕。暫し、微睡《まどろ》む――。

川縁《かわべり》の薄氷が解け、川が唄い始める。川靄《かわもや》の中のカイツブリ夫婦の在処《ありか》を、波紋が教えてくれた。

春の川面がキラキラ光る頃、水辺の川芹の若葉も踊って応える。

浅瀬の小魚の群れと陽の光の無邪気な戯れ。いつしか2人は、爽春の風となって童歌《わらべうた》を口遊《くちずさ》む。

土手の日溜りには土筆《つくし》が頭を出し、可憐な菫《すみれ》が挨拶をする。やわらかな風が花の香りを運んで来た。

「あ、梅の香りが……」と、もえが謂えば、「桃だろう」と、ミゲルが雑《ま》ぜっ返す。他愛のない会話が何故か可笑《おか》しくて、哄笑する。

夏の初蝉。寝床で目が覚めて、2人で聴き入る。「夏が来た」と、小躍りして外に出ると、空は水色だ。夏は少々滅入った時でも励ましてくれる。

暑さ凌ぎに川で水遊びに興じ、夜は乱舞する蛍の光に誘われ夕涼み。もえの胸元に忍び込んだ不届きな蛍を探してひと騒動。

秋の芒《すすき》。夜を彩《いろど》る清《さや》けき光。穂先に浮かぶ月を愛で、虫達が奏でるひとしきりの音色に、虫の名を当て推量する。

――そして、憂愁なる秋の夜長。2人の睦み合う官能の酩酊《めいてい》に、月も恥じらって思わず雲で顔を隠した。

――こうして仲睦まじき1年が経つ頃、もえが懐妊した。

彼女は母になることを本能的に恐れていた。自らの生涯が、畳の上で安寧《あんねい》に終えることはないと、宿命的に妄信し自覚していたからだ。

しかし、夫と安穏と暮らすうち、子を宿し、現実の永続を願うようになった。

ミゲルは狂喜すると同時に、家長としての責任感が芽生えた。

玖島城を訪れた。出陣前の落成式以来だった。

喜前はミゲルの用向きを察しているかのように、鷹揚に構えていた。すっかりお屋形としての風格が備わり、同年代とはとても思えない。

傍らに、家老の大村彦右衛門と純盛が控えていた。

彦右衛門は純忠、喜前、純頼、純信の4代に仕えた辣腕家だ。喜前も「彦」と呼んで信頼を寄せている。

同じ家老の純盛とは反りが合わず、何かにつけ反目し合っていた。現実的、且つ合理的な彦右衛門に対し、理想主義の純盛とでは、所詮、水と油だった。

喜前は向後《こうご》、家康のキリシタン政策に厳罰体制が敷かれることはあっても、融和策は有り得ないと踏んでいた。

——事実、1602年、家康はフィリピン総督に宛て、キリシタン布教を厳禁すると通告していたのだ。

喜前もキリシタンだった。自らの進退も踏まえ、藩内のキリシタンをどうするか？　緊褌《きんこん》一番、火急の課題を抱えていた。

——ミゲルを登用する絶好の時機到来だった。彦右衛門がやんわりと進言した。

「ミゲル様は殿の従兄弟。お身内がお側に居れば、心強い味方になろうかと」

純盛は彦右衛門の世故《せこ》に長《た》けた老獪《ろうかい》さを嫌という程見てきた。喜前は純盛に一瞥《いちべつ》を呉れながら、ミゲルを睥睨《へいげい》して謂った。

「純盛の養女を娶《めと》り、子も生まれるそうではないか。イルマンになったというのに、イエズス会から離れたと聞いておるが、事実か？」

「はい、訳あって脱会しました」

「うん、それだったら身軽になったろう。どうだ、儂に仕える気になったか？」

「何か手伝える事がありましょうか？」

「西欧を見聞した経験と、バテレンに明るかろう。力を貸してくれ」

「恐れ入ります」

「よし、600石で召し抱えよう。後は彦と相談せい」

彦右衛門が厳《いか》つい顔の下に含み笑いを浮かべながら、にじり寄って来た。短軀で脂ぎった額は照り輝いている。細い目は心の奥まで見透かすような、狡猾《こうかつ》な光が宿っていた。

「殿のご期待に十分応えるよう、精進なされよ」

600石という好待遇に対する当て付けだった。

大村藩は2万石余りの小身だったから、いくら従兄弟の間柄といえ、600石は破格だ。所領は伊木力と神ノ浦《こうのうら》に決まった。

「屋敷は本小路に用意しよう。――それに名だが、千々石ミゲルではまずかろう。武士らしい名はないものかな」

「幼少の頃、清左衛門と名乗っておりました故、千々石清左衛門では……」

「うむ、よき名でござる」

――仕官が決まった。

本小路の武家屋敷は玖島城の程近い所にあった。手狭《てぜ》まな借家から移り住むには、子供も生まれることだし、もえは喜んだ。

ミゲルは髷《まげ》を結い、彦右衛門が用意してくれた家紋入りの衣裳に大小を差してみた。慣れ親しんだ長衣のイルマン姿から、まるで別人だった。

喜前に挨拶に出向くと、いきなり哄笑された。

「おう、千々石清左衛門。馬子にも衣装とはこのことだな。そのうち慣れる。心配するな」

謂ってから、再び哄笑した。馬子にも衣装とは例えが違うと思ったが、暫く顔を上げられなかった。

——その時、後悔の念がふと脳裏を掠《かす》めた。同時に、もえの膨らみ始めたお腹が過《よぎ》り、忍耐の文字をゴクリと飲み干した。


藩の経済は逼迫《ひっぱく》していた。喜前は庶子一門の地行地を削る策に出た。ローマに行ったキリシタンという威光を盾に、ミゲルをその任に当てた。

汚れ役だった。当初は西欧の土産話を目当てに歓待されたが、どんなに足を運び辞を低くして懇願しようと、首肯する者など居る筈がない。

そのうち、「ユルマンくずれのくせして」と面罵《めんば》されるようになった。ユルマンくずれとは、辞めた修道士（イルマン）を蔑んだ言葉だった。

信念をもってイエズス会を脱会したと謂え、ミゲルの胸に突き刺さった。

ローマから凱旋した時には、あれ程英雄視され、人生の頂点に立っていたというのに……。

説得工作は遅々として進まなかった。そんな折、マンショとジュリアンがマカオ留学から帰って来て、ミゲルに会いたがっているという噂が聞こえてきた。会いたい反面、気が退けた。

2人に会ったところで、脱会した理由を逐一答えるのは億劫だった。登城の折、家老の彦右衛門に捕まり、仕事の進捗《しんちょく》状況を尋ねられた。捗《はかど》ってないことを話すと、渋面を繕った。

「600石というタダ飯を食わせている訳じゃなか。禄の分だけ働いて貰わにゃ」

痛烈な一撃だった。にべも無かった。使節行では難行苦行の連続で、精神的にも肉体的にも逞しく成長したつもりだったが、世間の荒波には揉まれてなかった。

喜前から呼び出しを受けた。緊張が走った。

豈《あ》に図《はか》らずも酒食を饗され、労をねぎらってくれた。

「ユルマンくずれ」と揶揄されていることを知っていた。従兄弟同士、沁々《しみじみ》語らうのは初めてだった。ミゲルも城勤めをするようになり、多少は酒を嗜《たしな》むようになっていた。

少々酔いが回り、喜前は龍造寺隆信の許に人質に出されたことを語り始めた。

「12歳の時じゃった。弟の純宣《すみのぶ》と純直の3人で人質にされ、龍造寺の小倅《こせがれ》に悔辱の毎日。殴り返そうとどれだけ思ったことか。悔やしゅうて悔やしゅうて……。

やっと自分だけ三城城に戻されたと思うたら、今度は父上が波佐見に蟄居させられてしもうた。隆信はキリシタンを目の仇にし、狼藉のし放題じゃった。

確か天正12年じゃ、我が軍が龍造寺軍に与《くみ》せられ、心ならずも有馬を攻めた折、沖田畷《おきたなわて》の戦いで、隆信があっけなくも戦死してしもうた。負け戦じゃったが、負け戦を喜んだことは初めてじゃ」

喜前は遠くを見つめるよう感慨に耽《ふけ》った。ミゲルとは同年代だが、10歳位は老けて見えた。眉間と目尻には深い皺が刻まれていた。当主としての苦悩が窺えた。

酌をしながら、仕事の進捗状況の不首尾を詫びた。喜前は聞かない振りをしながら、ミゲルの新婚生活に話題を転じた。

「もえ殿は順調か？　姉上が付いておる故心安かろうが、今が大事な時じゃ」

「有難きお心遣い。義母上《ははうえ》が世話を焼いてくれております故、安堵しております」

「男は役に立てぬからのう。姉上も初めての孫で喜んでいることだろうて。ところで仕事のことじゃが、気長にやってくれ」

鷹揚さを見せたが、鵜呑みに出来なかった。お屋形ともなれば、本音と建前を巧みに使い分けることを知っていたからだ。

喜前はふと、思案顔になった。直近にもたらされたヴァリニャーノの訃報を思い出していた。彼にとって、ヴァリニャーノはキリスト教そのものだった。

父・純忠が彼から薫陶を受け、瞬く間に大村中に展がって、キリシタン文化の華が開いた。彼の死は、キリスト教の終焉を意味していた。ミゲルにとっても、彼は父であり師であった。彼との間に軋轢《あつれき》が生じ、イエズス会から離れる切っ掛けになったが、感慨深いものがあった。

――喜前はキリスト教を棄てるべきか迷っていた。肥後の加藤清正からも、法華宗に改宗するよう促されていた。藩の存亡にも関わる事案だった。

ミゲルに打診してみた。

「儂はキリスト教を棄て、バテレンを追放すべきか迷うておる。そなたの率直な意見を聞いてみたい」

ミゲルは襟を正した。

「キリスト教は我が国を奪い取るための手段であり、邪法であると存じます」

「国を奪い取るとは穏やかではないが、詳しく述べてみよ」

「西欧列国は、未開の国々に宣教師を先遣させ、その後、武力で制圧。植民地にし、搾取している例をいくつも見て参りました。その富で王侯貴族やローマ法王以下、高位聖職者は温々《ぬくぬく》と生活しています。

――それが、キリスト教不信の念を抱いた最大の理由であります」

「キリスト教は、それほど危険な宗教だと申すか。この日本も危ないと――」

「布教の陰に潜む陰謀――。イエズス会の本来の目的は、日本の侵略。手強い相手と知り、手を拱《こまね》いているのでは」

喜前にとって、これ程の後押しはなかった。言葉尻を捉えると、バテレンは悪そのものだった。

秀吉や家康はそのことを知らぬ筈がない。知っていながらバテレンを利用していた。

喜前は彦右衛門を呼び寄せ、声高に宣言した。

「これより、我が領内よりバテレンを追放する。儂も法華宗に改宗する。彦も倣《なら》え。清左衛門、そなたもどうじゃ」

彦右衛門は「はっ」と、畏まった。ミゲルは既に棄教を決意していたから、

「その積りです」と、短く答えた。

彦右衛門はほくそ笑んだ。藩のためには、バテレン追放が必須条件だと考えていた。喜前公に何度も進言し、やっと実現の運びとなったのだ。

――さらに難問が伸《の》し掛っていた。藩の経済基盤の確立だった。大村家諸家一門の存在が経済を圧迫していた。一旦、地行地を削る策に出たが、効果が上がらなかった。

そこで、諸家一門を追放する「御一門払い」の強行策が練られたのである。そのためには、まずキリシタンの多い諸家一門と宣教師を切り離す、「バテレン追放」が必要だった。

まずは、彦右衛門が動いた。教会を打ち毀しにかかり、本気であることを示した。当然の如く、藩の中枢部のキリシタンから強い非難の声が上がった。

喜前と彦右衛門は計算ずくだった。

「バテレンは国を奪い取るための先遣隊であり、邪法である。清左衛門から確《しか》と進言があった」

ミゲルを盾にして、この難局を乗り切りたかった。そのために高禄を払っているのだ。

2人の下心に、今更ながら気付いた。

(自分は利用されている……)

矢面に立たされたミゲルは、言い訳出来なかった。喜前に乗せられ、進言したのは事実だっ

た。棄教もしてしまった。慙愧《ざんき》に堪えなかった。

（世の中を知らなかったとはいえ、浅薄だった。取り返しのつかないことをしたのかも知れない……）

第12章　ゆるまんミゲル

——せめて家族だけは守りたい。

結婚してから僅か5年の間に、2人の子宝に恵まれた。2人共男の子だった。幼少時に父を亡くし、母と2人だけで過ごしてきただけに、家庭の温もりは何物にも代え難かった。

藩の窮余の策である「バテレン追放」と「御一門払い」の附けが、ミゲルの身に次第に伸《の》し掛ってきていた。

夕暮れ時——。不穏な動きを肌で感じながら帰路に就いていた。不意に路地から黒い影が躍り出た。

「裏切り者め、覚悟せんか」

怒声と閃光が同時だった。頬に痛痒《つうよう》が走った。賊はそのまま逃走した。流れる血を手で拭い、やるせない思いでジッと眺めていた。

萎えた心情と痛みを引き摺りながら、漸《よう》く屋敷前に辿り着いた時、更なる試練が襲ってきた。屈強の男3人が立ち塞がった。大小は差してないが、侍の風体をしている。

「ユルマンのくせして、大義を吐くんじゃねえ」

憎しみの込もった石礫《いしつぶて》が、矢継早に顔面を襲った。甘んじて受けた。

額に、腕に、胸に激痛が走った。

「我々の苦悩が分かるかっ」

「厄病神め、大村から出て行け」

捨て台詞が追討ちをかけた。裏切者だ背教者だと罵られても、耐え忍べばすむ。

蓋《けだ》し、己の存在が彼らを苦しめているのか……。

平静を装って門を開けた。もえに代わって使用人が沈痛な表情で出迎えた。

「三郎兵衛様のご容態が……」

三郎兵衛とは2歳になる次男だ。数日前から高熱を発し、気掛りだった。生得《しょうとく》、虚弱体質で
2歳になっても歩けなかった。

息も苦しげで、意識朦朧《もうろう》としていた。もえは額の手拭いを頻《しき》りに取り替え、励まし続けてい
た。風邪ぐらいに思っていただけに気が揉めた。

――明け方になって、苦しげな細い息が停まった。もえは子供を掻き抱き、号泣した。息
子は赤児の様に余りに軽く、不憫だった。彼女は息子に何度も何度も詫びた。

ミゲルの心は渇き切っていた。縁側に立って虚ろな吐息を漏らした。夢か現《うつつ》か判じかねた。

彼女の嗚咽を聞きながら、恨めし気に天空を仰ぎ見ていた。

――ふと、義理の両親を訪ねてみる気になった。喜前公が領内の奉教を禁じ、バテレンを

追放して以来、彼らも立場上棄教せざるを得なかった。表面は法華宗を奉じている筈だ。

お伊奈は弟喜前の施策に反発し、所領である戸根に居を移していた。戸根は大村湾を挟み、玖島城の対岸にある。

ミゲルは舟で大村湾を横切り、形上湾《かたがみ》に入った。湾内は美しい海岸線が複雑に入り組んでいる。人目を憚るには絶好の地だった。

浅田家の在処《ありか》を訊ねても、警戒してか曖昧な返答しかない。漸《よう》く辿り着いた先の柴折戸を入ると、草庵風の門があった。門の陰に、追放された数人のバテレン宣教師の姿を見かけたが、そそくさと姿を消した。

玄関口の衝立《ついた》ての前に、一輪差しのムラサキシキブが迎えてくれた。お伊奈は思い掛けない来訪を殊の外喜んだ。

純盛も居合わせた。ミゲルに対する風当たりの強さを聞き知っていたから、

「よく来てくれた」と手を握り締めた。

庭には白い萩が風に揺れ、西の空には眉月が緊張の糸を張り詰めていた。

ミゲルと純盛は濡れ縁で酒を嗜《たしな》んでいた。然《さ》り気なく芒《すすき》が活けてあった。お伊奈が純盛の傍らに控えている。純盛が旨そうに酒を飲み干し、芒に目を遣ったまま問い掛けた。

「命を狙われる羽目にあったと聞いたが、本当か?」

「はい、何度か」

「嘆かわしか者共よ。大凡《おおよそ》誰の手筈か想像つくが、家族に害が及ばんばよかが」

「身から出た錆とは謂え、今のところ大事に至っておらんです」

「自分を取り巻く状況が切迫して、厳しいもんになればなる程、人間は余裕《ゆとり》を失う」

「正に。思案に暮れとるとこです」

「要らぬ詮索をするより、必要とされているのか単刀直入に訊いてみるとよか」

「喜前公にですか？」

「そげん。疑心暗鬼になるより、その方が手っ取り早い」

「成程……。この際、懐に飛び込んでみますか」

ミゲルは大きな息を吐き、酒を一気に飲み干した。眉月を探した。山の端に宵の明星と仲良く並んでいる。

——確かめておきたい思案があった。2人に向き直った。

「お2人は、心からキリスト教を棄てたとですか？」

純盛がミゲルを確《しか》と見据え、明解に答えた。

「我々は意に反し、藩と家のために教えを棄てた。高山右近様のようには出来なんだ。ばってん、あくまで表向き」

お伊奈が捕捉した。

「未来永劫、私達の信仰はどげん権力に抑圧されても、心だけは自由ですけん」

凛《りん》とした響きがあった。父親である純忠から薫陶を受け、実母おえんからも信仰と奉仕と忍従の美徳を学んだ。母の死後、継母《ままはは》しんほふの敬虔な生き方を模範としてきた。

暫《しば》しの沈黙の後、徐《おもむろ》にミゲルが口を開いた。

「私の場合は……」

――発するや否や、純盛が遮った。

「もえから概《おお》ね聞き知っとる。キリスト教のあり方、つまり実践に絶望したと。それも有り無ん。真っ向から反旗を翻すのは、尖鋭的で我々の理解の枠を越えとる」

「恐れ入ります。それだけ理解して頂ければ十分」

自らの信念を通すのがとりあえずの生き方だと、ミゲルは思う。

畢竟《ひっきょう》、他の3人の遣欧使節仲間は、キリスト教界の欺瞞や矛盾を知りながら、世に知らしめることなく教会の中に逃避したではないか。

不器用で純粋で、愚直なこの男――。

如才が無く世渡り上手な男達より、自らに誠実たらんとする姿に、2人は好感を抱いていた。

お伊奈は2人を見ていると、まるで瓜2つの兄弟のようだと思う。だから、ミゲルの心情が手に取るように分かった。

彼女は娘と孫に思いを馳せた。

「更なる嵐が吹き荒れるでしょう。安寧な日々が訪れることを祈っとりますよ」

「自分だけに吹く嵐なら我慢出来るとですが、家族に及べば辛かもんが……」

彼女は眉月を見遣りながら、呟くよう語った。

「この戸根の朝ぼらけ、一番鶏の啼き声で目を醒まし、庭の秋桜《こすもす》と挨拶ば交わします。大村湾に朝霧が立ち渡り、何処からか涼やかな微風が頬を撫でるとです。

――それから、無心に祈りば捧げます。こんな平凡な朝の始まりが、至福のひと時なのです」

彼女の慈《いつく》しみが身に沁みた。

――自分で選んだ道ではないか。曲がりなりにも元修道士だ。弱音を吐いてどうする。全てを受け容れ、イエスだけを見つめて生きていくしかないのだ。

――翌日、早々に喜前公への面会を求めた。気を察した家老の彦右衛門は、何かと理由をつけて追い返した。

御一門払いの知行地返還交渉の目鼻が、どうにかつきかけていた。もはやミゲルは厄介者であった。高禄を食《は》み、大した働きもない者に、いくら藩主の縁者といえ養う余裕などなかった。

彦右衛門が裏で蠢《うごめ》いていた。喜前公に巧みに謂い繕い、ミゲルを悪者に仕立て上げた。そういうことには天賦の才を発揮した。

純忠公からローマまで行かせて貰った恩義を忘れ、棄教した挙句、妻帯し子まで成した不埒《ふらち》千万《せんばん》な男だと吹聴した。直接「出て行け」とは謂い出せぬ故、外堀から埋めようと目論んだのだ。

下士達を謂い包《くる》めて襲撃させ、嫌がらせは日常茶飯事。長男の度馬之介を内田川に投げ込み、長時間連れ去りもした。

堪り兼ね、喜前公に何度も注進しようとしたが、彦右衛門が障壁となって立ち塞がり、巧みに躱《かわ》されてしまった。

縁側に座り、満月と白萩を何気に見遣るそんなある日の夜だった。満月と重なって、ほくそ笑む彦右衛門の真ん丸で脂切った痘痕《あばた》顔が浮かんでは消えた。

3人目の子を宿し、大きなお腹を抱えたもえが横に座った。次男の三郎兵衛を亡くした後の懐妊だけに、素直に喜び希望を膨らませた。

「よか月ですね。真ん丸しとる」

「うむ、お前のお腹とどっちが丸かやろか」

「ふふ……、お月様に決まっとるでしょ」

「よか勝負やろ」

「喜前様が必要となさらんとなら、無理せんでもよかですよ」

「そうだな……。子が産まれてから考えるとするか」

もえの手に手を重ねた。彼女の大らかな性格にどれだけ救われたことか。彦右衛門の陰湿さに辟易していただけに、暗雲からやっと抜け出た心地がした。

——秋の盛りの出産だった。3人目も男の子で、清助と名付けた。亡くなった次男の三郎兵衛に生き写しで、2人は神に感謝した。

産後の肥立ちが癒えた頃、有馬行きを決断した。もはや頼るのは晴信公しかなかった。義父母に告げると、彼らはそれとなく既に察知していた。

お伊奈は娘と孫を気遣った。

「イエス様とマリア様を拠り所に、笑顔を絶やさず健やかに……」

それだけ謂うと、感極まって嗚咽《おえつ》した。もえも離れ難かった。ミゲルとて目を閉じたまま唇を噛みしめた。長男の度馬之介と生まれたばかりの清助が、祖父と祖母に抱かれ愛想笑いを振りまいていた。

——翌日登城し、その旨を彦右衛門に告げた。

「それは残念至極。大村藩にとって大きな痛手でござる。殿が聞いたら、どんなに嘆かれることか」

虫酸《むしず》が走った。喜前公に面会を求めたが、よんどころない理由でやんわりと断られた。礼を述べて背を向けると、彦右衛門は細い目をさらに細めて、にんまりと笑った。

——その時、彦右衛門の蛞蝓《なめくじ》のような滑《ぬめ》った舌先で、背筋を舐められたような悪寒を感じて、思わず身震いした。

出立の準備に追われている時だった。不干斎《ふかんさい》ファビアンがイエズス会を脱会し、棄教したという報が伝わってきた。自分が辿った同じ道と運命に、正に驚天動地——。

彼は博覧強記の日本人修道士で、天草コレジオの日本文学の教師だった。臨済宗の僧侶からキリスト教に転宗し、キリシタンの教義書『妙貞問答』を著した。ミゲル達は貪るように読んだものだ。

——その彼が何故に棄教を……？　どんな葛藤があったのだろうか。機会があったら膝を交えて語り合いたかった。

親子共々、坂口の館にしんほふ様を訪れた。この館は、純忠公が別邸として利用していたものだった。樹木が生い繁り、庭園には小川が流れていた。

惜別の情を伝えると、我が子の不遜《ふそん》を涙ながらに詫びた。全てを察しておられた。度馬之介と清助を愛おしそうに抱き締め、祝福をして下さった。

喜前公には会えずじまいで、裏切られたという無念さを残したままの出立となった。

——１６０７年の早春のことだった。

第13章　有馬へ

伊佐早から有明海を経て有馬に向かった。

有馬は父が生まれ育った地であり、自分もセミナリヨで学びがてら、母と数年間過ごしたことがある。気候も温暖で住民も情があり、過ごしやすいという記憶があった。もえや子供達も気に入ってくれる筈だ。

浦口川と大手川が注ぐ河口から、城山に聳え立つ日野江城の雄姿を仰ぎ見ることが出来た。もえにセミナリヨを見せたかった。帰朝後、有馬を訪れた際には、学童がラテン語を復唱している元気な声が聞こえたものだ。

――意外にも、森閑として廃墟となっていた。迫害の嵐がここまで吹き荒れているのだろうか……。

しかし、近傍に日本で一番荘厳と謳われている教会が建っていた。ミゲルの西欧の土産話に触発され、晴信が慶長5年（1600）に建てたものだった。

大村の教会しか知らないもえが、驚嘆の声を発した。

「うわあ、こげん趣のある教会は初めてですばい。西欧の教会と較べてどげんですか？」

「似而非《にてひ》なるものばい。ばってん、これはこれで立派ばい」

三角屋根の鐘楼の上に十字架が立ち、全て木造で屋根は瓦葺き。礼拝堂の祭壇には十字架を安置し、左右には朴訥《ぼくとつ》なイエス・キリストとマリア像が立っている。窓から幽《かそけ》き光の淡紅が床に零《こぼ》れていた。

跪《ひざまず》き、熱心に祈っている夫婦連れがいた。豪華絢爛な西欧の教会とは違い、素朴さの中にも細かな気配りが随所に見受けられる。晴信の並々ならぬ意気込みが感じられた。

――晴信は開口一番、

「よくぞ儂《わし》を頼って来てくれた」

と、ミゲル一家を歓迎した。

彼は関ヶ原の戦の後、家康に会って有馬4万石を安堵されていた。息子の直純を家康側近として仕えさせ、上機嫌だった。

ミゲルがセミナリヨと教会を早々に訪れたことを話すと、晴信は膝を乗り出した。

「セミナリヨの閉鎖は残念じゃったが、教会はどうだ？」

「はい、素朴ながらも心の込もった教会でした。晴信様の並々ならぬ思い入れを感じました」

「西欧の教会と競っても詮無いこと。この有馬に相応《ふさわ》しいものをと考えたのが、あの教会じゃ。

――ところで、教えを棄てたと聞いたが、本当か？」

「はい、故あって棄てました」

「そうか……。そなたのことじゃ、よくよくのことじゃろう。喜前の許で何があったか知らんが、この有馬でゆるりと過ごすがよかろうて」

鷹揚だった。俸禄と小さいながらも邸宅を与えてくれた。取りも直さず落ち着くことが出来た。

そんなある日、もえが4人目を懐妊していることを知り、久方振りに幸せな気分に浸ることが出来た。

しかし、安穏な生活は長くは続かなかった。晴信を始め、家臣や領民の殆どがキリシタンだったからだ。堂々と胸にクルスを架け、オラショ（祈り）を唱えていた。

いくら西の果てで目が届かぬとは謂え、信じ難い光景だった。大村では1606年に喜前公が幕府の威光を恐れ、バテレンを追放したというのに……。

晴信は、1587年の秀吉の伴天連追放令に怯《ひる》むことなく、バテレンやキリシタンの庇護に努めてきた。家康は直情径行、朴訥《ぼくとつ》な田舎大名の彼を憎からず思っていたようで、見て見ぬ振りをしていた。

ミゲルは片身が狭かった。彼らの視線が痛く、まともに目を合わせるのが憚られた。卑屈だった。信念をもって棄教したのであれば、堂々と論戦を張ればいいものを、気概に欠けていた。

――そこを付け込まれた。

「裏切者」「異端者」呼ばわりされるようになった。

大村から噂が風に乗って飛んで来て、拍車を掛けた。「ゆるまんミゲル」と揶揄され、威信も地に堕ちた。

城下を歩いていると、物陰から礫《つぶて》が飛んできた。また、血相を変えた若者が、怒声を発しながら刀を振りかざして襲ってきた。瀕死の重傷を負い、這々《ほうほう》の態《てい》で逃げ帰った。

——大村に居た時と同じだった。家族も外出出来なくなった。元気盛りの息子達には辛かったが、大村でのこともある。

ミゲルも如才無く振舞えば世渡り出来たかも知れない。不器用で融通が利かなかった。その性格は父の直員から受け継いだもので、母もよく嘆いていた。

晴信に庇護を求めても、詮無いことと知っていた。自ら蒔いた種なのだ。

——そんな折、もえが出産した。またもや男の子だった。女の子を望んでいたが、叶わなかった。彼女はすまなそうに、「相すいません」と小さく謝った。ミゲルは大様に、「なあに、元気な子ならどっちでもよか」と労《ねぎら》った。

玄蕃《げんば》と名付けた。

その直後だった。マルチノ、マンショ、ジュリアンの3人が、司祭に叙階されたという話が飛び込んできたのは——。

日本人司祭の誕生に、喜びと嫉妬が錯綜した。

彼らは、ミゲルに会いたがっているという。会ってみたい気持ちはあったが、そんな余裕などある筈がない。

叙階の話を聞きつけた晴信が、皮肉を込めて揶揄《からか》った。

「司祭がパードレなら、成り損ないはユルマンと謂うんか？」

ミゲルの心を甚《いた》く傷つけた。

当時晴信は、東南アジアと御朱印貿易を行っていた。1609年、マカオでポルトガル人との乱闘騒ぎで多くの家臣を殺害され、怒り心頭に発していた。

その年の夏、ポルトガル船が長崎に入港したのを知るや、家康に許諾を得て船を爆破、沈没させて溜飲を下げた。

ところが急転直下、賄賂絡みの岡本大八事件の引責で晴信は甲斐に流され、自害させられてしまったのだ。

なんとか旧領は安堵され、嫡男の直純が家督を継いだが、交換条件としてキリシタン追放を強いられた。

直純は率先して棄教した。背水の陣であることを示すため、父が精魂込めて建立した教会を取り壊した。従わない者は家禄を没収する挙に出た。

多くの家臣や領民は藩主の意向に従ったが、反発する分子も数多《あまた》残っていた。

直純はさらなる強攻策に出た。迫害の嵐が吹き荒れ、多くの殉教者を出した。

相次ぐ凶事の吐け口が、ミゲル一家に向かって来た。流言蜚語《りゅうげんひご》が飛び交い、礫と罵声が屋敷めがけて飛来した。

子供達が母親の懐で怯えた。ミゲルの心を萎えさせたのは、

「厄病神め、出て行けっ」

の一言だった。思わず耳を塞いだ。ミゲルは大声で叫びたかった。

(教えは棄てたが、デウス様は未だに心の中に居る)

夫の苦悩を感じ取ったもえは、子供達を胸に掻き抱いたまま、片手でミゲルの頬に触れた。

(私だけは、ちゃんと分かっとるとですよ)

目がそう語っていた。妻だけは分かってくれている。それだけで十分だった。

――父の生まれ故郷である有馬からも厄病神扱いされ、追われることになった。もはや長崎しかなかった。長崎は広い。忍んで生活するには最適かも知れない。

直純に暇乞いを申し出た。彼はミゲルをキリシタン撲滅のために利用しようと考えていた。

「我が藩からキリシタンを根絶やしにせねばならん。是非とも力を貸してくれ」

大村での二の舞は御免だった。丁重に断り、世話になった5年間に謝意を伝えて辞去した。

――1612年の春、ミゲル43歳の時だった。

第14章　マンショと再会

長崎に行くにあたり、思惑があった。故郷である千々石に寄ってみたかった。そこで生活するのも悪くないかも知れない。

舟で口之津の早崎瀬戸を抜け、千々石湾に出た。右手奥に雲仙の普賢岳の噴煙を仰ぎ見ると同時に、前方に小浜温泉の湯煙りが見えた。

やがて、美しい弓なりの海岸線が現れた。その先が千々石だ。右手奥の愛宕山の山頂に、焼け落ちたままの釜蓋城が見えた。

――5、6歳だったろうか。佐賀の龍造寺隆信に攻め滅ぼされ、父直員は自刃し、母と命からがら逃げ延びた。城が炎上するのを、呆然と眺めていた。今でもはっきりと憶えている。

――既に37年が経過していた。麓にあった武家屋敷群も焼失し、城も焼けたままの無惨な姿を晒していた。焼け跡から雑草が生い繁っている。

父はこの地の何処かに眠っている筈だ。

城址から千々石の浜が眺望出来た。白い小波《さざなみ》が浜に打ち寄せている。遠く、光る海が果てしなく広がっている。幼い頃、ここから何時も眺めていた光景だ。

――父の無念さを思う。

父は武術より書に親しんでいた。そして、母と並んで祠《ほこら》に跪き、熱心に祈っていた。時たま自分も祈らされた。

（――そうだ、あの祠はどうしたろう？　確か竹林の入口あたりにあった筈だが……）

竹林は往時のまま残っていた。幽《かす》かな記憶を頼りに隈無く探してみる。草叢の中にそれらしき残骸があった。

十字架は錆ていた。ローソク立てと十字架が出てきた。

手で擦るとＩＨＳの文字が読み取れた。イエズス会の紋章だ。この十字架こそ、両親が祈っていたものに違いない。

父と母が心から敬ったキリスト教――。一時は聖職者の道を歩もうと精進したが、どうしても相容《あいい》れなかった。

遣欧使節として経験してきたことを、あれ程感激し誇りに思っていたことが、虚しいものに思われてきた。キリスト教に対する懐疑心が芽生えていたからだ。

母は聖職者より、千々石家の再興を望んでいた。そのことに反発し、母の希望とは逆の道を歩もうとした。

母親孝行を何ひとつやってやれなかった。

せめて、もえと孫の顔を見せてあげたかった……。

――その時、風も無いのに竹林が騒《ざわ》めいた。生温かい風がミゲルを包み込んだ。心地よい風だ。ミゲルに語り掛ける声がした。

（清左衛門、デウス様を棄ててしもうたとか？）

（ああ、その声は父上。お懐かしゅう。教えは棄ててもデウス様は棄てとりません。何時も心の中に居ります）

（うむ、困難な状況こそ覚悟を決めんば、前には進めん。心を清らかにし、素直にデウス様と向き合い、自ら信じた道ば歩みなさい）

（有難うございます。それで、母上とご一緒ですか？）

（そうだ。三郎兵衛も一緒だ。お前と話したいことがあるそうじゃ）

（清左衛門、そなた達家族のこと、何時も気に掛けておるとよ。人間は弱か生き物たい。その弱さと上手に付き合うていきなさい）

（分かりました。三郎兵衛のこと、宜しくお願いします）

（ところで、これからどげんするつもりだ？）

（この千々石に住もうかと思うたとですが、狭かとこですけん、住みにくかごたる。長崎に行こうかと思うとります）

（そうか、達者で暮らせ）

——何時の間に風は止み、竹林の騒《ざわ》めきも収まった。

もえと子供等に先程のことを話すと、度馬之介が目を輝かせた。三郎兵衛のことを憶えていたのだ。

「三郎兵衛は体の弱かったばってん、ハライソ（天国）では元気になったとやろか？」

もえが涙ぐみながら諭い聞かせた。

「そうたい。元気になって、お祖父ちゃんとお祖母ちゃんの3人で幸せに暮らしとるげな。よかったね」

――長崎に行くにあたり、一考を要した。家族を引き連れ、危険に曝《さら》し、不幸な目に遭わせるのは忍びなかった。

もえの目を真っすぐ見据え、提言した。

「子供達を連れ、大村の実家に帰ってくれんか。長崎には独りで行く」

彼女は憤怒の形相で即答した。

「婚姻の申し出の時、私を一生離さぬと謂うて下さったではなかですか。これまで曲がりなりにも、家族皆んな睦まじく生活してきました。これ程の幸せがあるでしょうか。私は何処までも貴方様を信じ、共に参ります」

婚姻の申し出の時、一生離さぬと謂った記憶はないが、取りも直さず嬉しかった。こんな甲斐性のない男に、付いて来てくれる彼女の心根が嬉しかった。

長崎の日見まで行くことにした。日見は千々石湾を横切り、長崎半島の付け根に位置する小さな漁港だ。

波は穏やかで、快適な舟旅だった。日見から峠道を喘《あえ》いで抜けると、長崎の街が一望出来た。

長崎の光景は、もえや子供達にとって物珍しく刺激的だった。西欧風な建物が並び、阿蘭陀人や唐人が行き交っていた。

サント・ドミンゴ教会が微笑んでいた。もえはお上りさん丸出しで感嘆の声を上げ、涙ぐんだ。

スペインのエスコリアール宮殿や、ヴェネチアのサン・マルコ教会、フィレンツェのドゥオーモを見せたら腰を抜かすに違いない。

教会ではミサが執り行われ、讃美歌が聞こえた。屋根を蔽う花十字紋の瓦が目に付いた。もえはうっとりと見蕩《みと》れていた。

「綺麗か教会ですねえ。長崎ではまだ讃美歌が歌えるとですね。住みやすかごたる」

「そげん甘うなかやろ。そんうち、迫害の嵐が吹き荒れるに違いなか」

彼女の夢を醒ますよう、素っ気なく謂い放った。

大通りを右折するとサン・アントニオ教会があり、サン・チャゴ教会があった。港に出た。海上には巨大な南蛮船が停泊し、子供等を狂喜させた。

岬の左手、被昇天のサンタ・マリア教会を仰ぎ見たもえは、両手で口を覆い、

「信じられんばい」

と、驚嘆の声を上げた。

ミゲルが遣欧使節としてこの港を発着した当時、岬の教会と呼ばれていた。建て替えられ、

大きくて華々しい輝きを放っていた。

――長崎はキリシタンの町として発展し、当時、人口5万人の殆どがキリシタンだった。数多《あまた》の教会堂と信心会を組織し、「小ローマ長崎」と讃えられていた程だ。

サント・ドミンゴ教会のすぐ近く、山のサンタ・マリア教会があった。教会の前方中央部に、大きな十字架が建つ墓地が造成されている。後方は広大な玉園山の森が広がり、緑に教会が映えた。

彼女がこの地を気に入り、住みたがった。玉園山の東方の馬町《うままち》に一軒家を借りた。近くに中島川が流れ、住み易そうだった。

人目に付かぬ所にひっそりと生活しようと思ったが、9歳を筆頭に男の子3人の養育もある。却って街中に紛れた方が得策かも知れない。

――長崎での最初の朝は、豆腐売りの喇叭《らっぱ》の音で始まった。次いで納豆や野菜、魚、アサリ、シジミ、惣菜、漬物などの担ぎ売りの棒手振《ぼてぶ》りがやって来て、威勢のいい掛け声が路地に響き渡った。

「さすが長崎、朝からこげん売りに来てくれたら助かるばい」

もえは喜んだ。豆腐に納豆、漬物と鰯の煮付けを買い求めた。

納豆と豆腐は、浅田家直伝の納豆汁にした。納豆を細かく包丁で叩いたものと、細かく切った豆腐を味噌汁に入れたものだ。千々石家の定番料理で、誰もが好物だった。

上の子2人は路地に出て、近所の子供らの石蹴りや陣取り遊びの輪の中に入って、すぐに馴染んだ。

子供らは周りにあるものを利用して、遊びに変える天才だ。カタツムリを捕えて競走させたり、クモを捕まえては喧嘩させた。

ハエを糸に結んでのアメンボ釣りは、誰が思い付いたのか大興奮だった。中島川での魚釣りやカニ、小魚獲りは、日が暮れて親が迎えに行くほど夢中になった。

子供らはすぐさま受け入れられたが、親はそうはいかない。新参者は好奇の対象だ。隣近所から総菜や菓子のお裾分けの名目で、さりげない詮索を受けた。

姓名や出自、職業、家族構成、年令、キリシタンかどうか等である。姓は千々石を名乗る訳にいかない。もえの旧姓の浅田で通すことにした。どんな尾鰭《おひれ》が付いてくるやら……。

もえは子育てと家事に追われた。ミゲルは書に親しみ、長崎の街を逍遥するのを楽しみとした。

街中には自由闊達な空気が横溢《おういつ》している。西欧の空気を吸ったミゲルにとって、呼吸しやすかった。

若者が首から十字架を下げ、舶来の毛織物や絹織物で設《しつら》えたマントや陣羽織を着て、意気がっていた。

洒落者は更に、ジュバン（肌着）を和服の下に重ねて立衿を見せ、釦《ボタン》の付いた上着をこれ見よがしに身に付けて伸《の》し歩いていた。

自分も西欧を訪れた折、彼らと同じようにその国々の服装に気触《かぶ》れて、先を争って真似たものだ。

――昔日を思い出して、可笑しかった。

こんなに安穏として空を仰ぎ見るのは何年振りだろう。雲ひとつない青空に向かい、大きく伸びをした。

歩き疲れると、帰路にあるサント・ドミンゴ教会で寛ぐのを常とした。花十字紋瓦のこの教会は、素朴な味わいの有馬の教会とは違い、都会的な薫りがした。

サント・ドミンゴ教会は、ドミニコ会のモラーレス神父が慶長14年（1609）、薩摩の京泊にあった教会を解体し、船で運んで創建。土地は代官の村山等安が奇進した。

中から洋楽器の演奏が聞こえてきた。練習しているらしい。懐かしさに誘われ、中に入ってみた。5、6人の若者がそれぞれの楽器を奏でていた。鍵盤楽器のクラヴォに手こずる若者に、思わず手解《てほどき》をしようとして思い止まった。

楽器は殆どこなせるが、クラヴォは最も得意とするところだ。逸《はや》る心を抑えた。

祭壇前の聖母像に目が行った。高さ80センチ程で、王冠とマントを身に纏《まと》っている。マリアと幼子イエスの顔は、まるで生きているような表情だった。

正面にイエス・キリストの磔刑《たっけい》像があった。ミゲルは無意識のうちに跪き、祈っていた。

――これまで善かれと思い、信念に従い行動してきた。長い年月を経て、今一度己を分解し、神の前に曝《さら》け出してみたかった。

己の大義とは一体何んだろう。ひたすら神を求めることだろうか？　否、聖職者の道を断念し、棄教した身にとって、それでは信義に悖《もと》る。

40過ぎにして惑い、右往左往している己の姿を見て、イエス・キリストは如何に思うだろう。

――どれくらいの時間が経っただろう。ふと、背後に人の気配がして振り向くと、顎髭を垂らした柔和な眼差しの神父が立っていた。

彼がモラーレス神父だろう。憚《はばか》った。逃げるよう早足に出口に向かった。

山茶花《さざんか》が咲き始めたその年の晩秋――、山のサンタ・マリア教会を訪れている時だった。マンショが被昇天のサンタ・マリア教会のコレジオで、病に臥しているという噂が耳に入った。その教会は、岬の突端にある美しい教会だ。

居ても立っても居られなかった。その教会には、イエズス会の本部もあった。身分を明かす訳にはいかない。

「かつて、マンショ様に世話になった者。病に臥していると聞き及び、見舞いに参上しました」

応対した若い修道者は、躊躇《ためらい》なく案内してくれた。

マンショは虚空を見つめ、所在無げにベッドに横たわっていた。

彼は司祭叙階後、九州各地で精力的に布教活動を行っていた。長旅で疲れが出たのだろう。

病に倒れたのだ。

入って来た男が誰であるか、すぐに気付いた。

ミゲルはやつれ果てた彼の姿に、昔の面影を懸命に探した。落ち窪んだ眼窩《がんか》から、微かに発する光に15年前の彼をやっと探し当てた。

「ミゲル、ミゲル……。よう来てくれた」

彼は起き上がろうとしたが果たせず、震える痩せた両手を差し出して、かつての盟友の手を貪るように掴んだ。

マンショの手が、余りに細くて弱々しいのに絶句した。出掛かった言葉を、思わず飲み込んだ。

「ミゲル、今までどげんしとった？　3人の友と袂《たもと》ば分けた理由ば教えてくれんね。我々はそれで苦しんできたとよ」

――嗚呼、彼らも苦しんでいたのだ。

イエズス会を脱会し、棄教した理由を率直に述べた。

そして、婚姻を為し、3人の子供を儲け、大村、有馬で生活したものの、「ゆるまんミゲル」と罵られて長崎に逃れてきた経緯を簡潔に話した。

「そげんね……。己の信条に素直に従ったとやね。自分らは修道院の奥深くに逃げ込んで、保身に走ったとかも知れん。ばってん、この道しか考えられんやった」

マンショは天井を見つめたまま、一言ひとこと噛み締めるよう語った。ミゲルは窓辺で外を見遣りながら口を開いた。

「3人と足並みを揃えて司祭への道に鎬《しのぎ》を削っとったら、静かに佇むことを知らんやったろ。立ち止まることによって見えたこと、知ったことが沢山あるばい」

「ほう……興味深か」

「西欧の文化や神学に接して、ずっと借り物の服ば着とるような居心地の悪さば感じとった。デウスの教えば日本人の心情と感性で捉え直さん限り、決して日本に根を下ろすことはなかやろう」

マンショの胸にズシリと伸《の》し掛かった。自分への挑戦状だと捉えた。司祭としての誇りを踏み躙《にじ》られた気がして、暫し無言だった。

正に、布教していて直面した課題でもあった。これまで遮二無二突き進むしか念頭になかった。それが理想であり、使命だと思ったからだ。

――しかし、こうして歩みを止め、静かに佇んでいると、自分の歩んで来た道を振り返ることが多くなった。

自分が放った言葉の数々、導いてきた人々にどれほどの感銘を与えられただろうか。司祭としての使命と責任は果たせただろうか……。

殊に、ミゲルの存在がずっと頭から離れず、彼の影を追い求めていた矢先だった。

――漸《ようや》く口を開いた。

「こうやって日がな一日、窓辺から外を眺めていると、人々の小さき声やさまざまな表情が浮かんでは消える。痛みや弱さを抱え、次々に訴えかけてくる。それぞれに耳を傾け、語り合うとさ。

――するとミゲル、君のことが必ずや頭を擡《もた》げるとよ。彼は何故脱会し、棄教したとやろうか。どげんして息をしてるだろうか、とね」

マンショは饒舌だった。

この時をずっと待っていたかのように喋り続けた。

「順風満帆の人生だった。挫折して去って行ったミゲルを、哀れに思うた時期もあった。ばってん、今は挫折を繰り返したミゲル、君が羨ましか。神は常に、ミゲルを気に掛けておられるように思うばい」

ミゲルは目を瞑って天を仰いだ。マンショは疲れた表情をし、力のない咳を何度もした。暇乞《いとまご》いを告げたが、大丈夫とばかりに強引に手で制して引き止めた。

庭の桜の樹にヒヨドリが止まり、騒々しい鳴き声を放った。

しかし、2人にはその鳴き声が耳に入らなかった。

「是非とも訊いてみたかことがある。転び者《もん》は絶対に許されん、殉教こそイエスの教えであると教えてきたとね」

「ああ、その通りたい。上長からもそう教えられ、自分でもそう思うてきた。ばってん、今になってそうじゃなかとかも知れんて、思うようになった。但し、聖職者の理想の死に方は殉教だと思う」

「マンショ、有難う。救われるばい」

マンショは力なく笑って、さらに振り絞った。

「信仰は九分の疑問と、一分の希望ばい。疑問ば持てる人は、自信の無さや無知を自覚出来る人たい。そげん人こそ、神と向き合える。疑問の無か人は、信仰と謂えん」

——何時の日か信仰に立ち返れ、と謂っているのではないかと思った。

友はいいものだ。苦楽を共にした盟友の手を取り、再会を誓った。

マンショは握り締めた手を、何時までも離そうとしなかった。

涙を零しそうになった。

別れ際、マンショは別れを惜しむよう、ミゲルの背に語りかけた。

「ミゲルはまだ、デウス様を棄てとらんやろ」

ミゲルは背を向けたまま、ほんの少し頷いた。

それに対し、マンショは手向けの祈りを捧げた。

「父と子と聖霊との御名によって、アーメン」


——その10日後、マンショは息を引き取った。43歳の若さだった。

第15章　不干斎《ふかんさい》ファビアン

師走の長崎の街は正月を待ち侘び、日一日と住民は浮き足立っていた。

特に餅つきは大いなる楽しみのひとつで、餅つき屋が各町内を廻って請け負った。自分の家の番が来るのを、親も子も今か今かと待ち望んだ。

慶長18年（1613）、長崎での初めての元旦を迎え、雑煮でささやかながらも新年を祝った。雑煮の具は、出《だ》しに使った煮干しと大根、大根葉だけだった。

路地からチャルメラを吹き鳴らし、銅鑼《どら》や片張太鼓を打ちながら家々を回り歩くチャルメラ吹きがやって来ると、一気に正月の雰囲気が盛り上がった。

正月2日からトーラゴ売りが姿を見せた。トーラゴとはナマコのことである。俵の形をしているので俵子《たわらご》と呼ばれ、トーラゴと訛《なま》った。米俵の買い物をすると縁起がいいというので、喜んで迎えられた。

子供らは独楽《こま》を回したり、凧揚《はたあ》げや加留多遊びに興じた。

ミゲルは新年早々、隣の次郎兵衛さんに招かれた。酒を酌み交わしながら、彼がやっている寺子屋の手伝いを依頼された。

浪人で通していたが、有馬藩は晴信の処刑後、嫡子直純が日向に国替えになっていた。同行せず武士を捨てた者もいたから、満更嘘ではなかった。

これまで僅かな蓄えでなんとか凌《しの》いできたが、家計は逼迫《ひっぱく》しているのは目に見えている。もえは健気にも曖《おく》にも出さない。身の回りの品を売っては、足しにしていたのである。

毎日ぶらぶらしている訳にいかない。怪しまれる。家計の足しに多少はなるだろう。手伝いを承諾することにした。

読み書き、そろばん、算術、習字を教えた。子供らから〝お師匠さん〟と呼ばれて慕われた。上の子2人も通わせて一石二鳥だった。

幕府は前年（1612）に禁教令を出したが、実効差配は一部だけで、長崎まで及んでなかった。

ところが、翌年の年末、金地院崇伝《こんちいんすうでん》が起草した「伴天連追放文」が公布されるや、難を逃れて長崎に避難していたバテレン達は色めき立った。

日本が儒教的政治理念を根本とした神国、仏教国家であることを前面に押し出し、日本征服のための手段となっているキリスト教を邪教と断定。これを糾弾しようとする強い意思が込められていた。

高札が立つと、市中に緊張が走った。少人数のキリシタンが抗議して街中を練り歩いたが、徒労だった。

手始めに、長崎の教会の象徴である被昇天のサンタ・マリア教会が破壊されようとしていた。大時計と音楽を奏でる3つの鐘が設置された塔が、無惨にも引き倒され、火を掛けられたのである。

あちこちから悲痛な声が上がった。啜り泣きの声も聞こえる。そんなキリシタン達の慟哭《どうこく》が、却って役人達に拍車を掛けた。

燃え上がる炎に奇声をあげて見遣る役人達の双眸《そうぼう》には、この世の者と思えぬ異様な燐火《りんか》があった。

ミゲルは謂い条のない感情が渦巻き、呆然と眺める他なかった。

――ふと、役人らに同道する武士でも町人でもない、仏僧みたいな目付きの鋭い男が目に入った。キリシタン達を冷ややかに見遣るその男――。

見憶えがあった。思い出せない。

――それより、気になっていたことが頭をもたげた。メスキータ師のことだ。マンショを見舞った際、彼がサン・チャゴ病院の院長をしていることを聞いていた。

彼は遣欧使節に同行し、ゴアに留まることになったヴァリニャーノ師に代わり、使節を引率してくれた。

マンショに話したことを、彼に再び話すのは何んとなく億劫《おっくう》だった。所詮、棄教した理由を全ての人に理解して貰うのは不可能なことだ。

行きそびれて、何時しか彼を忘却の彼方に追いやっていた。早晩、メスキータ師も追放の憂き目に遭うだろう。

会うのなら早いに越したことはない。

サン・チャゴ教会は帰り道だ。病院は教会に隣接している。取次を頼むと、意外な返答に驚いた。

「院長は幕府にキリスト教の理解を得るため、数日前に駿府に出向きました。お体が今ひとつなだけに、心配でなりません」

いかにもメスキータ師らしい。もはや還暦を過ぎている筈だが、彼の情熱は止まることを知らない。

「お帰りになりましたら、不肖千々石ミゲルが訪《おとの》うて来たことをお伝え下さい」

メスキータ師との思い出が蘇った。

彼は厳しかった。愛情の裏返しとは分からず、父のように慕っていたヴァリニャーノ師が恋しく思われた程だ。


スペイン中央部に位置する古都トレードに到着した時だった。高熱にうなされ、全身に疱瘡《ほうそう》が広がった。何んとか治癒し、修道院の庭に出てみた。

月明かりの中に、トレードの街が悠然と浮かび上がっていた。古都に相応《ふさわ》しい格式溢れる建物群だ。今でも脳裏に刻《きざ》まれている。

――訪れるどこの街もそうだった。西欧の世界が如何に優れているかを知らしめんとする、ヴァリニャーノ師の思惑が垣間見えるようになり、懐疑的になっていた。

自分は何のために遣わされたのだろうか？　ただ見せられ聞かされたことを、日本に帰って語るための従順な猿になりたくはなかった。

その頃から、自我に目覚め始めていたのかも知れない。厄介な自分をもて余していた。

——その時だった。闖入者《ちんにゅう》が目に入った。少年だった。見窄《みすぼ》らしい服装《なり》で、目だけは異様に光っていた。スペイン人の少年とは明らかに違っていた。

少年の目に脅えと卑屈な翳《かげ》が宿っていた。彼の境遇が大凡《おおよそ》察しがついた。彼と目が合った。

少年は黙って手を出した。

連日連夜の身に余るもてなしに、多少とも後ろめたさを感じていたのだろう。胸に架けたロザリオを差し出した。宝飾が施されたこのロザリオは、マカオの修道院の院長から記念として頂いたものだった。

旅の途次、就寝前の祈りの時や苦難の度毎、何時も爪繰《つまぐ》っていたものだ。

少年は無言で受け取ると、一目散に逃げ去った。家族のために稼がされる少年の不遇に涙した。

——その刹那、背後からメスキータ師が現れた。一部始終を見ていたのだろう。叱られると思ったが、意外にも「ミゲル、苦しいか」と肩を抱いて下さったのだ。

さらに、トレードの街を見ながら仰っしゃった言葉を未だに憶えている。

「西欧の文化を自らの目でしっかりと捉えて、帰国後、日本の礎《いしずえ》となりなさい。あの少年の行く末を祈ってあげよう」

と祈って下さったのだ。

――爾来、光明を見出した思いがし、余裕をもって旅を続けられた気がしたものだ。

メスキータ師の体調が気掛かりだった。もっと早く窺えばよかったと、今更ながら後悔した。

連日のように教会が破却されていった。空に煙が上がる方角で、どの教会が焼かれているか認識出来た。バテレンや日本人のイルマンが次々と捕縛されているという。

明日はサント・ドミンゴ教会の番だという風聞が流れた。矢も楯もたまらず、もえに持ち掛けてみた。

しかし、彼女から意外な答えが返ってきた。

「結婚前は敬虔なキリシタンだったばってん、やんちゃな3人の子供に手を焼いて、精一杯の毎日ですばい。ばってん、充実しとります。それこそが、デウス様に願っていたもの、と気が付いたとです」

「そうは謂うても、教会が破却されて心が痛まんとか?」

「痛みますとも。雑事に忙殺されて教会に行けんでも、一日の始めと終わりには必ず感謝の祈りを捧ぐっとです。何時も心にはデウス様とマリア様が居るとです。だけん、教会が無うなっても、別に困らんですけん」

形式にこだわらない。これも信者の在り方だろう。

――噂は事実だった。寺子屋の仕事がひと段落ついた頃、サント・ドミンゴ教会の方角から煙が上がっているのを見て、慌てて駆けつけた。

モラーレス神父やイルマンらが捕縛され、連行されるところだった。教会は既に半壊状態で、炎に包まれていた。その様子を役人らと窺っている男がいた。

――あの男だ。被昇天のサンタ・マリア教会が破壊された時に居た、仏僧みたいな服装《なり》の目付きの鋭い男だ。

あちこち散乱した花十字紋の瓦――。ミゲルが愛おしげに拾い上げ、持ち去ろうとした瞬間、その男は見逃さなかった。迫って来た。

睨み合って対峙した刹那、同時に声を上げた。

「ミゲル殿ではないか」

「ファビアン様」

「天草のコレジオ以来でござるな」

「はい、12、3年振りになりましょうか」

秀吉に謁見後、天草の修練院とコレジオで勉学に明け暮れていた。その時、ミゲル達に日本文学を講義してくれたのが彼だった。ミゲルより4歳年長で、博覧強記の日本人イルマンだ。

「棄教したと聞いたが、本当か？」

「はい、棄教しました」

「こんな所で会えるとは奇遇だ。此処は憚かる。余処《よそ》に行こう」

ファビアンは臨済宗の僧侶だったが、受洗し不干斎と称した。キリシタン教義書『妙貞問答』を著した。慶長13年（1608）、女性問題から脱会し、棄教した。禁教令発令以降、長崎で幕府のキリシタン迫害に協力していた。

2人は山のサンタ・マリア教会の裏手、玉園山の日溜りに腰を下ろした。改めて手を取り合い、旧交を温めた。気になっていたのはファビアンの奇妙な出立ちだった。ミゲルの気配を察知し、自ら口を開いた。

「ああ……、棄教した。動機は意外と単純で明快だった。ベアータ（修道女）と恋に落ち、そのことを咎められたのが切っ掛けだ」

「ファビアン様がベアータと恋を……？」

「40を過ぎてからの初めての経験で、デウス以上の存在が出来たのだよ。修道士の立場で女人に恋するなど、ましてやベアータに手を出すなど言語道断。教義に反し、神を冒瀆する悪魔の所業だと断罪され、二者択一を迫られた」

「それで彼女を……？」

「答えは簡単だった。彼女と共に脱会し、棄教した。狭量なイエズス会に失望し、キリスト教に絶望した」

「恋とは、斯様《かよう》に奮い立たせる超越した力を持っているとですね」

「そう…思う。恋情がキリスト教という迷妄から脱却させてくれた」

「私の場合は――」

と謂いかけたのを、ファビアンが遮った。

「ミゲル殿、そなたが脱会し棄教したと伝え聞いた時、訝《いぶか》しく思うた。今は聞かなくとも分かる気がするのだよ。恐らく、同じ根から派生している。大同小異だろう」

「仰せの通りです」

大きく頭《かぶり》を振った。同志が存在したことが殊の外嬉しく、込み上げるものがあった。大粒の涙を零し始めた。

ファビアンはミゲルの心を忖度した。

「裏切ったという意識を抱くことは、裏切った対象としっかりと繋がっている。繋がっているからこそ、涙も流すのだよ。そうでなければ、関係を断ってそれで終わりだ。苦悩も存在しない。――私がそうだ」

見事に心情を射抜かれたような気がした。ファビアンは立ち上がり、厳めしい背中を向けた。慌てて背中に問うた。

「デウス様は、もう心の中におらんとですか？」

「居ない」

これだけ謂うと、厳めしい背中は忙《せわ》しげに街中に消えて行った。

ファビアンはキリシタンを批判しつつも、『妙貞問答』で論破した神儒仏へ還った訳ではなかった。キリシタンに批判的であったが、神儒仏にも批判的だった。

この後、彼は反キリシタン書『破提宇子《はだいうす》』を著すが、ベアータを伴って何処へ行こうとしているのだろうか。

長崎中の殆どの教会が破却され尽くし、キリシタンの有力者148名が捕縛された。その中に高山右近や原マルチノ、ドラード、モラーレス神父らが居た。

幕府の目的は政治的統制であり、庶民の信仰内容まで細かく詮索するといったものではなかった。

彼らは、マニラやマカオに流されるという流言が飛んだ。ミゲルは居たたまれず、連日港に足を運んだ。

無駄足を踏んだ5日目、港には溢れんばかりの人集《ひとだか》りだった。キリシタンや野次馬が犇《ひし》めき、沖合には4隻の大型船が停泊していた。この船でマニラやマカオに追放されると謂う。

高山右近が現れた時には、響《どよ》めきが上がった。長身で総髪を後ろで結び、首にはクルスを架けていた。やつれていたが、信念を貫いた覚悟が痩《こ》けた頬に滲み出ていた。

顔見知りのバテレン達も散見された。その中に紛れて、確《しか》と覚えのある顔があった。ドラードと原マルチノだった。人混みを掻き分け、声を潜めて叫んだ。

「ドラード、マルチノ」

喧騒に掻消《かきけ》され、ドラードは気付かず役人に促されて小舟に乗った。マルチノは気付いてこちらを窺《うかが》った。彼の驚いた表情に、ミゲルは笑顔で応えた。

20数年の歳月が、互いの目尻の皺と白髪交りの鬢髪《びんぱつ》を際立たせていた。マルチノの変わらぬ才気煥発さは、鋭い眼光に健在だった。司祭服がよく似合っている。

これ以上の接近は憚られる。無言で見つめ合うしかない。

思い起こすのは、航海中西欧のキリスト教世界を夢に見、4人で眺めた夕陽や、ローマ法王謁見の際の晴れ姿だった。

役人に乗船を促され、マルチノはミゲルに小さく頷いた。ミゲルも応えた。これが今生の別れのような気がして、瞼が濡れた。

——小舟に揺られて小さくなってゆくマルチノを見送りながら、ジュリアンやメスキータ師の姿が見えないのに、今更ながら気が付いた。潜伏したのだろうか。

クルスを架けた若い男に訊いてみた。

「中浦ジュリアン司祭は潜伏しとるげな。メスキータ院長は重病で乗船出来ず、近くの漁師小屋に置き去りにされとるらしか」

急遽《きゅうきょ》その足で、海辺の漁師小屋を訪ね歩いた。風が砂を舞い上げ、行く手を阻んだ。とある粗末な小屋の引き戸を開けると、怯えた野良犬のような両目が飛び込んできた。

——瞬時に誰であるか確信した。目は虚ろだった。

「メスキータ様、ミゲルです。千々石ミゲルです。ご無沙汰しております」

「おお、ミゲル、ミゲルか。よう来てくれた。近くで顔を見せてくれ」

ミゲルの顔を両手で挟み込んだ。その手は力が無く、小さな咳を何度もした。

「先日、病院に来てくれたそうじゃな」

「はい、駿府の家康様の所にお出向きと伺いました。して、その成果は？」

「無駄足じゃった。けんもほろろに追い返された。この先、キリスト教はどういう命運を辿るのか……」

「例え道を閉ざされても、既に根差しています。摘まれても、芽は出続けるとじゃなかでしょうか」

「うん、そうだ。そうに違いない。――ところでミゲル、そなたが棄教した理由だが、かれこれ20年間ずっと頭から離れることはなかった。盾になれず、悩みを聞いてあげられなかったことを随分後悔した」

「私もその間懊悩《おうのう》の日々でした。これでよかったのか、他に選択肢があったんじゃないかと……」

「うん……。ヴァリニャーノ様を信頼して、長いこと仕えてきた。ところが、突然梯子を外されて、行き場を失くしてしまった」

「日本を見捨て、マカオに去ったことですね」

メスキータ師は小さく頷き、暫く瞑目していた。

――突如、咳込み、吐血した。ミゲルは驚いて介抱したが、彼の表情に諦念があるのを見て取った。

彼は、気力を振り絞って両目を見開いた。

「不干斎ファビアンを憶えているか？」

「ファビアン様なら先日お会いしたばかりです」

「そうか、そなたとファビアンは似た者同士かも知れん」

ミゲルはその意味をおぼろ気に理解した。

——その時、いきなり扉を開けて入って来た者がいた。介抱する若者だった。ミゲルはメスキータの手を取り、またの来訪を約束して辞去した。

既に陽は傾きかけていた。大きな溜息を漏らした。ひんやりとした秋風が頬を撫でていった。


——翌日の午後、再び彼を訪れた。小屋から戸板に乗せられた遺体が、役人の手によって運び出されるところだった。慌てて駆け寄った。

——彼だった。穏やかな表情をしている。手早く十字を切って手を合わせた。

役人達はミゲルに気を留めることなく、無表情で遺体を運び去った。そこら辺の荒野にでも、野良犬の死骸と同じように葬ってしまうのだろう。

侘《わび》しげな浜辺に佇んで海を眺めた。鳶《とび》が上空を滑りながら、長閑な声で歌っている。

縁《ゆかり》の人達が次々と姿を消してゆく。ヴァリニャーノ師はマカオで逝去し、マルチノとドラードはマカオに追放された。マンショとメスキータ師は長崎で亡くなった。残るのは潜伏中のジユリアンだけだ。

彼とは3人の中で一番気が合っていた。情熱家の彼のことだ。あらゆる困難をものともせず、信念を貫くに違いない。

彼らは自在に花を咲かせていた。自分は常に何かに怯え、芽さえ出せずにいる。今更ながらイエズス会を脱会し、棄教した意義を問われているのだ。

人生の伴侶と子宝に恵まれたが、それだけでは満たされない心に空いた大きな穴だった。その穴を埋めるべく手段を知っていながら、なんとはなしに逃避してきたように思う。

牢籠《ろうろう》の身にやつし、身体や精神に得体の知れない贅肉《ぜいにく》が、まとわりついてしまったのかも知れない。

波静かな長崎湾の海と、どんよりとした空をまんじりともせず見遣っていた。

――ミゲルは45歳を迎えたばかりだった。

――元和2年（1616）の春、家康が亡くなり秀忠が後継となった。同年、大村喜前《よしあき》が急死した。突然のことで毒殺ではないかと噂された程だ。ミゲルとは因縁があっただけに、複雑なものがあった。

元和5年、秀忠はキリシタン訴人制度を打ち出した。キリシタンを訴え出れば銀30枚を与えるという高札を出し、キリシタン詮議を厳しくしたのだ。

手始めに、京の六条河原で52名のキリシタンと、11人の子供を火炙《ひあぶ》りの刑に処した。残虐極まり無いこの刑は、まさに見せしめだった。

ミゲルは讒訴《ざんそ》され、身元を詮索されることを畏れた。棄教したと謂え、遣欧使節の千々石ミゲルと知れば、容赦ないだろう。家族にも累が及ぶのは必定だ。

——義父である浅田純盛が急死したという訃報が届いたのは、夏の盛りだった。頓死だった。体調が勝れないとは聞いていたが、突然のことでもえは泣き崩れた。

ミゲルは表立った出席を憚り、一般客に紛れて見送ることにした。義父からの恩は数多《あまた》あるだけに、思い出に浸りながら悲しみに耽《ふけ》った。

49日の法要を終えた頃だった。突如、18歳になった度馬之介《とまのすけ》が、遊学したいと謂い出した。このまま留め置いても助力もしてやれぬ。長崎の地では自立の道は難しいだろう。外の空気を吸わせた方がいいかも知れない。

——同時期だった。義母のお伊奈様としんほふ様が共に動いた。

3男の清助と、4男玄蕃の養子の話だった。長男の度馬之介同様、2人の行く末を考えると「背教者」「裏切者」の親の許に置くより、どんなに幸せなことだろう。

清助はお伊奈様が、玄蕃はしんほふ様が引き受けてくれた。2人は14、5歳になっていた。まだあどけなさが残っている。母親の胸の中で存分に涙を流し、健気にも今まで育てて貰った礼を述べて、長崎を後にした。

一族はミゲル一家を忘れることなく、手を差し伸べてくれた。大村喜前と有馬晴信に追われ、一時は両家を怨むこともあった。

――しかし、見捨てなかったのだ。どんなに感謝してもしきれないぐらい嬉しかった。こんな嬉しい思いをしたのは、何時以来だろう。

それというのも、「背教者」「裏切者」と罵られても己の信念を曲げず、誠実に生きてきた証左かも知れない。


度馬之介は九州各地を巡るうち、有馬から日向に転封されていた有馬直純を訪ねた。彼とは一家が有馬家に寄寓《きぐう》の折、年が近かったこともあり、遊び友達だった。

直純は度馬之介を喜んで召し抱え、600石の禄を与えて遇した。

お伊奈は清助を、家督を継いだ前安《あきやす》の側近として登用する心積りだった。しかし、彼は体が脆弱で武士に向かなかった。聡明で学問を好み、書に親しんだ。

夫の最初の姓、朝長を名乗らせ、浅田家の所領である戸根に住まわせた。学問をやりながら畑仕事に勤《いそ》しみ、浅田家の家臣の娘と結婚して慎ましく暮らした。

4男の玄蕃は純忠としんほふ様の子、大村右馬之介の長女を妻とし、大村家家臣として玖島城内二の丸に居住した。また、玄蕃の長女は浅田前安の子、安昌と結婚し、浅田家との血縁はますます深くなった。

第16章　神からの授かりもの

――元和6年（1620）の春、ミゲルは51歳になった。子供達が新たな旅立ちをして1年余り、2人きりの生活に慣れた頃だった。

夕刻、破却されたまま無惨な姿を曝すサント・ドミンゴ教会の傍らを通りかかった時だった。子猫と思《おぼ》しき幽《かす》かな鳴き声を耳にして、ふと足を止めた。捨て猫かと思いながらも、鳴き声のする方に目を遣ると、産着に包《くる》まれた人間の赤児だった。

生後数日だろう。空腹なのか、紅い顔をしてしきりに泣いている。児を手放す親の不憫《ふびん》を思い、連れ帰った。もえは目を輝かせた。

「神からの授かりもんですばい」

子供を養子に出し、張りを無くしていた彼女に輝きが戻ってきた。

赤児をよく見ると、日本人にしては色が白く、髪も紅みがかっている。異人との混血だろう。母親の手に余ったに違いない。

勘兵衛と名付けた。2人は愛情を注いで育てた。

当時、長崎には混血の子は珍しくなかったから、周りも別段気に留めなかった。

――元和8年（1622）、勘兵衛は2歳になり、歩き始めて可愛さがますます募る頃であった。

隣人の許に得体の知れぬ男達が、闇夜に紛れて頻《しき》りに出入りしていた。浪人者と思《おぼ》しき出立《いでた》ちは、曰く有りげだった。

寺子屋の子供達が退けた後、さり気なく訊いてみた。

「見知らぬ方々が出入りしとるのは、昔の誼《よしみ》ですか？」

「いずれ、千々石ミゲル殿に話そうと思うとりました」

秘していた筈の名をあからさまに謂われ、動顚《どうてん》した。

「どうして某《それがし》の名を？」

「なあに、最初お会いした時から、我々と同類だと察しとりました。そのうち、遣欧使節のミゲル殿だと」

「極力、匂いは消しとったつもりですばってん……。ところで、次郎兵衛殿の正体は？」

「小西の残党で、名は森宗意軒《そういけん》。仲間は各地で来《きた》るべき時を待っているのでござる」

「来《きた》るべき時とは……？」

「ミゲル殿も察しがつくとでは」

「何故、某などに打ち明けるのです？」

「力を貸して下さらんか」

「某などただの老いぼれで、屁の突っ張りにもなり申さぬ」

「何を仰っしゃる。ミゲル殿に期待するのは、ここでござる」

彼は頭を指差し、更に付け加えた。

「仲間には沢山のキリシタンがおり申す。彼らを束ねて欲しか」

「もはや教えを棄てた身。そんな大それたこと……」

「教えはまだここに生きとるでしょう」

彼は胸に手を当てた。ミゲルは無言だった。核心を衝《つ》かれ、答えることが出来なかったのだ。


小西一族は大阪の陣で敗れた後、まだ夢を捨て切れず豊臣家の再興を夢見ていた。益田甚兵衛、渡辺小左衛門、森宗意軒、芦塚《あしづか》忠右衛門らが中心になり、同志を集め連係を強めているところだった。


同年、元和の大殉教が起きた。長崎の西坂刑場で55名が火炙りと斬首刑にされたのだ。その中に、一旦マニラに追放された筈のモラーレス神父がいた。再潜入していたのだ。他にも再入国するパードレやイルマンが増え、密入国を謀る者も出てきた。

幕府は長崎に入国する船の監視を強化した。棄教を拒否する者がいれば、ことごとく断罪する嵐の時代を招来したのである。

長崎奉行も幕府の禁教政策に則《のっと》り、機敏に反応した。キリシタン探索の賞金稼ぎの隠密を放ったのである。

以前からミゲルは目を付けられていた。イエズス会を脱会し、棄教した遣欧使節の千々石ミゲルではないか、と。棄教したというのは表面だけで、未だデウスを信奉しているに違いない。彼の任に、与助という若い男を当てた。彼は貧しい家族を抱えていた。そこに目を付けた。

——そんなある日、突然益田甚兵衛と渡辺小左衛門がミゲル宅を訪ねて来た。天草からの訪問だった。

ミゲルを監視していた与助の目が、俄《にわか》に色めき立った。

「ミゲル殿は、今の幕府の有り様に満足か?」

いきなり益田甚兵衛に切り出され、窮した。2人共、ミゲルと同年輩ながら肌艶がよく、眼に力があった。ミゲルが既に失いつつあるものだ。

「満足しとる訳じゃ……」

精一杯だった。

「ならば、協力して欲しか」

暗鬱《あんうつ》な目の光が室内を窺っていた。

(迂闊《うかつ》な行動は、恩義ある大村家や浅田家に迷惑が及ぶのは必定)

——しかし、心の奥底に眠っていたものが、俄《にわか》に頭を擡《もたげ》げるのを感じた。

「よくよく考えておきまする」

曖昧に答えておくしかなかった。

――そこへ、外でもえと遊んでいた勘兵衛が戻って来た。父の膝上に乗り、無邪気に遊ぶ勘兵衛を、彼らは沁々《しみじみ》と眺めていた。渡辺小左衛門が口を開いた。

「この子はミゲル殿の子か？　利発そうな子じゃ」

「縁あって、私共が育てているのでござる」

彼らは勘兵衛にしきりに話し掛け、あやして機嫌を取って帰った。

――その直後だった。ミゲル一族の人別改めが行われた。与助の情報に依って奉行所が機敏に動いたのだ。異人の血が混じった勘兵衛が目を付けられた。

「捨て子」だったと主張しても、背後に潜むバテレンとの箍《しがらみ》をしつこく追及された。さらに、子供3人の所在も追及され、「伊佐早と大村に奉公に出した」と謂うと、奉公先を訊かれた。その場凌ぎに適当に答えておいたが、露見するのは時間の問題だろう。

――そして、大村から移り住んだ経緯《いきさつ》を問われた。

住み慣れた地から家族揃って移り住むなど、余程の理由がない限り考えられないことだ。

「わざわざ長崎に来た理由は何んか？」

言葉に詰った。

「新しか仕事ば求めてです」

「大村藩や島原藩では、領内のバテレンば追放しとる。逃れるためじゃなかやろな。長崎によけ流れて来とる」

「そげんことは関係なかです」

「キリシタンじゃなかやろな」

役人は2人の表情の変化を見逃すまいと、交互に見遣った。

「キリシタンじゃなかです」

腑《わき》の下からツーッと冷や汗が垂れた。

その夜、勘兵衛を寝かしつけながらもえと相談した。

「検索はもっと厳しくなるやろう。正体もそのうちばれる。長崎ば離れる時が来たとやなかやろか……」

「うん、そげん気がしますばい」

長崎での生活も10年が過ぎようとしていた。何時の日かこの日が到来することを、2人は心の何処かで覚悟していたように思う。

隣人達と慣れ親しみ、離れ難かったが、背に腹は変えられない。

大村でのかつての知行地、大村湾に程近い温暖な伊木力《いきりき》に移り住むことにした。この地は、今は浅田家が知行している筈だ。

——思い立ったが吉日。

隣近所に簡単な挨拶をすませ、森宗意軒にだけは行先を告げた。彼は要らぬ詮索はせず、頷いただけで見送ってくれた。

第17章　伊木力へ

大村湾を見渡せる崖の上に居を定めた。湾の僅か右前方に玖島城が小さく見渡せた。庭先に海棠を植えた。この木はもえの実家の浅田邸から貰い受け、大村、有馬、長崎とずっと苗木を移し植えてきた。

もえは、「何もそげんまでして持って来んでも」と謂ったが、満更でもなかった。夫がこの木を大事にしてくれるのが、殊の外嬉しかった。2人の思い出の木なのだ。

伊木力は長閑《のどか》だった。早朝は、50間以上もある隣の鶏の鳴き声で目を覚ました。昼間は空をのんびりと舞う鳶や、牛馬の啼き声が聞こえた。

——あとは静寂。たまに勘兵衛の愚図る声と、もえのあやす声が重なる。長崎とは別世界だ。

夜ともなると、大村湾上に煌《きら》めく満天の星が話し掛けてくる。かつて航海中、天上の花を飽きることなく眺めていた。退屈な航海の中で、唯一寛げる時だった。

ミゲルももえも、そんな日常が気に入った。今までこんな安らぎを感じたのは初めてのことだった。

彼は書を繙《ひもと》きながら、畑でも耕して野菜を作ってみようかな、と思い始めた時だった。

村の長老の訪問があった。如才のない挨拶を交わしながらの身元調査だった。予め準備しておいたものを淀みなく答えていた時、勘兵衛が突如姿を現した。

異人の血が混じった勘兵衛を見て、彼の顔色が変わった。彼は些少《さしょう》のことには目を瞑《つぶ》るつもりでいたが、我が身に火の粉が振り掛かるのを恐れたのだろう。慌てて辞去して行った。

――ひと騒動は必至だった。丁度いい機会だ。ご無沙汰を詫びがてら、家族揃って浅田家を訪ねてみよう。

崖下は小さな港になって、漁を営む舟が5、6艘舫《もや》いであった。漁師に大村まで渡船を頼むと、快く承知してくれた。

玖島城主が喜前から純頼に代わっても、お濠の菖蒲は相も変わらず、青紫の花弁《はなびら》を自慢気に風で揺らしていた。

桜並木も彼らを歓迎し、勘兵衛が花吹雪と無邪気に戯れた。

「嗚呼、大村の匂いはやっぱ良か……」

もえが深呼吸をして大迎にも涙ぐんだ。通い慣れた武家屋敷街をのんびりと歩き、もえの実家に向かう。「ゆるまんミゲル」「裏切者」の罵声と石礫が飛んできそうで、嫌な気憶が甦った。

義母のお伊奈は、戸根に隠居していた。家督を継いだ前安《あきやす》と妻のムクが迎えてくれた。

「これは義兄上《あに》と姉上。よくお出でなされた。お久しゅう。息災で何よりです。義兄上はムクとは初対面でござろう」

　ムクは30半ばの筈だが、小柄で少女の面影を残した可愛い顔立ちだった。20歳そこそこに見えた。

「ムクでござります。宜しゅうお願い致します」

　前安の婚儀の折、長崎の替地問題や御一門払いで忙殺されていた。長崎に留め置かれ、婚儀に出席など余裕がなかった。

「婚儀に出席出来ず、失礼仕った。この度、伊木力に移り住み、挨拶に伺いました次第。日頃より当家には世話になり通しで、誠に感謝に堪えませぬ」

「何を仰っしゃる。喜前公の奸計《かんけい》に弄された義兄上に、手を差し伸べるのは当然至極。自分に誠実な生き方は、誰にも真似出来ぬこと。尊敬致しまする」

「買い被《かぶ》りでござる。右往左往するのが精一杯。これからもそうでしょう」

　純盛は生前、前安にミゲル一家への心配りを終生絶やさぬよう伝えていた。娘を思う気持ちは勿論だが、ミゲルの真摯《しんし》な生き方に、共感を受けたからに他ならない。

　前安はそのことを口に出そうとしたが、飲み込んだ。

「黙してこそ本意なれ」という、父の強い意志を思い起こしたからだ。

　ミゲルは取りも直さず、村の長老が勘兵衛を見た時の話をすると、前安は笑いながら請け合った。

「なに、容易《たやす》いこと。早速手配しておきまする」

もえも弟と積る話もあるだろう。請《こ》われるまま、一晩やっかいになることにした。

前安はもえより8つ年少だった。遊び相手にはならず、纏《まと》いつきたがる彼を無下にしていた。そのことを恨みがましく憶えていた。

「そなたの戯《ざ》れごとに、夢多き乙女子が付き合うてられようか」

もえの反撃に一同は抱腹絶倒――。

4人の他愛のない話は尽きることはなく、深夜まで笑い声は絶えなかった。ミゲルともえにとり、こんなに忌憚《きたん》なく笑ったのは何年振りのことだろう。

――翌日、戸根を訪れる前に是非とも会いたい人がいた。

しんほふ様だった。住居である坂口館は、亡き純忠公と隠居所としてずっと住んでいた。城から北西方向に、3里程離れた閑静な一画だった。

しんほふ様と玄蕃が揃って出迎えてくれた。玄蕃は満面の笑みでもえの胸に飛び込み、泣くまいと必死に堪えていたが遂に泣いた。――皆は哄笑した。

玄蕃は暫く見ぬ間に凛々《りり》しく成長していた。しんほふ様の薫陶の賜物だろう。

彼女はキリシタンとして福祉や医療活動に勤《いそ》しみ、町民から尊敬され、慕われていた。キリシタンだからといって、彼女に石礫を投げたり、罵声を浴びせる者など居なかった。

彼女に問えば、「私はキリシタンです」と堂々と宣言するに違いない。

超越した存在だった。

純忠の先妻のおえんから遺志を継いだものだが、おえんの子だったお伊奈や喜前も、継母であるしんほふ様を敬慕していた。純忠も2人の賢妻に恵まれ、男冥利に尽きたことだろう。もえにとって、彼女は憧れの存在だった。既に還暦を過ぎて白髪混じりだが、肌艶もよく若やいで見えた。何より柔和な眼差しが彼女の全てを物語っていた。

メダイのマリア様しか知らないが、きっとマリア様はしんほふ様と瓜二つに違いない。

彼女に是非訊ねたいことがあった。

「純忠様から教えられたことは何でしたか？」

「殿は信仰の人ばってん、細かなことは仰っしゃらんお人でした。唯一、〝愛の道を生きろ〟とだけ」

「それだけの言葉を拠り所に……？」

「はい。ただ、おえん様に後指を差されんごと、生きてきたとです」

「え？　おえん様にお会いしたことがあるとでしょうか？」

「いいえ、会わんでも彼女の足跡を見ればようく分かります。彼女に恥じまいと、ただただ精進しているだけですよ」

しんほふ様は睡蓮の花のような笑みを浮かべ、勘兵衛の前に屈み込んだ。

「賢そうな子じゃ。名は何んと謂う？」

「かんべえ」

「ほう、勘兵衛か、いい名じゃ。玄蕃、そなたの弟じゃ」

玄蕃は戸惑った。勘兵衛が母親は自分だけのものだと謂わんばかりに、着物をしっかりと掴んで放さない。母親を彼に取られたようで嫉妬心が沸き立った。

辛うじて、自分はもう大村家の人間なんだと思い直し、ぎこちなく彼の頭を撫でたのだった。


前安が差配してくれた舟で、お伊奈の隠居所である戸根に向かっていた。戸根は大村湾を挟んで、玖島城の真向いにある。

春とはいえ、海風はまだ肌寒かった。規則正しい櫓の音に眠りに誘われた勘兵衛は、母親に抱かれて気持ちよさそうに寝息を立てていた。

やがて舟は、小さな島が点在する狭隘《きょうあい》な入江に入って行った。奥まった所が戸根である。

枝折戸《しおりど》を開けると、お伊奈と清助が畑仕事をしていた。来客に気付いたお伊奈が、驚きの余り頓狂《とんきょう》な声を上げた。

「もえ？　もえっ、よう来た」

清助も鍬《くわ》を放り出して駈けて来た。

「父上に母上。ようお出でなさいました。伊木力に移り住むと聞いておりました。近うなって、会える機会があるやも知れぬと、思うとった矢先でした」

お伊奈が勘兵衛を抱き上げようと両手を差し出した。しかし、人見知りが激しく母親にしがみついた。

ミゲルが答えた。

「故あって、私共が育てております」

お伊奈は頷きながら、勘兵衛の前にしゃがみ込んだ。

「名は何んと謂う？」

「かんべえ」

「いくつになった？」

彼は指を2本立てた。お伊奈は愛おしそうに頭を撫でた。お伊奈と清助にすぐに慣れ、持ち前の愛嬌を振り撒いた。

ミゲルともえは、改めて日頃の感謝の念を述べた。いくら親と謂え、彼らの物心両面の援助がなかったならば、今の自分らはないに違いない。

お伊奈は何も聞かなかったかのように、涼しい顔をして3人を家の中に招じ入れた。茅葺《かやぶき》の高屋根に庇《ひさし》が付いた玄関戸を開けると、隠居所らしい簡素だが、寛ぎの空間が広がっていた。

座敷には囲炉裏を取り込み、雪見障子を上げると、広縁を通して庭が見えた。床の間の横には丸窓が付いていて、柔らかな日射しが青い畳に降り注いでいる。

この隠居所は、義父のお思い入れが色濃く反映されているように思った。

部屋中を見渡しながら、呟くよう訊ねた。

「お義母上は、デウス様とどう付き合うておられるとですか？」

隠れ蓑として法華宗を奉じ、仏寺も建立していた。

「声高に祈りは唱えられんけど、心で唱えとると。心の中に、何時でもデウス様はおらすとです。教会に行かんでも、説教ば聞かんでも安らかですけん」

確か、もえも同じ様なことを謂っていた。

「戸根の人達もですか？」

「そげんたい。時たま、この部屋に来てお茶ば飲んで帰るとば楽しみにしとりなさる。デウス様のことは口にせんばってん、心はひとつですばい」

「成程、それが義父上の意思だったのかも知れんですね」

彼女は暫く外を見ていた。徐《おもむろ》に、庭の敷石に逞しくしがみつき、密《ひそ》やかに咲く菫《すみれ》の花に目を止めた。

「もはや、あの菫のように咲いていたい」

これも信仰の有り様かも知れぬと合点した。

傍で清助が勘兵衛と遊んでいた。清助に目を遣っていた彼女が、俄《にわか》に話題を変えた。

「清助を前安の側近として登用するつもりでいたとやけど、どうも武士になる気がないらしい。聡明で学問を好み、武士には繊細すぎる嫌いがある」

「某《それがし》に似たのかも……。宜しくご指導下さい」

「それはそれで、それぞれ道があるもの」

遊び疲れ、眠気が襲って来たのか勘兵衛がぐずり出した。丸窓に降り注いでいた日差しも何時の間にか移ろい、雪見障子から差していた。

名残り惜しかったが、暇乞いをした。頻《しき》りに引き留められたが、戸根と伊木力は頗《すこぶ》る近しい。訪れる機会は多々あるに違いない。

勘兵衛に魅了されたお伊奈は、名残り惜しそうに彼を抱き上げ、何度も頬擦りした。

――1626年、伊木力に移住して早や3年が過ぎた。前安《あきやす》の助力で、一家の生活は穏やかに過ぎていった。

勘兵衛も6歳になった。親が構うことなく野を駆けずりまわり、田舎の子供らしく野趣が備わってきた。

ミゲルが読み書き算術を教えた。呑み込みが早く、手の掛からない子であった。

――そんな時、再び狡猾で暗欝な男が現れた。与助だ。もはや忘れかけていた存在だった。何処で探り出したのだろう。

長崎の時より執拗で大胆だった。堂々と姿を現した。毎度身形《みなり》は違えるが、狡猾そうな細い目は変えようがなかった。

この時既に、貪婪《どんらん》で目先しか見えぬ与助に〝何者〟かが取り憑いていた。その〝何者〟も、ミゲルに異常な程の興味を示していたからだ。

ある日、農夫姿に身を俏《やつ》した彼に、擦れ違いざま問い詰めた。

「何故、付け狙う？」

与助は振り向きざま、

「唯ひとつ、お前の心の裡《うち》を探るためさ」

そう答えると、ニヤリと悍《おぞま》しい笑いを残して背を向けた。この世の者とも思えぬその目に、ミゲルは怖気《おじけ》立って身震いした。

――その頃、顔見知りの村人がふらりと訪ねて来て、四方山《よもやま》話をしていった。帰りしな、

「月に1回、氏神講ば開いとる。なあに、茶飲み話たい。夫婦で気楽に参加してみんですか」

曖昧な返事をしておいた。それが承諾と受け取られたのか、数日後の夕刻、早速誘いがあった。渋々1人で出掛けてみた。

村人の家に15人程が集まっていた。氏神講とは名ばかりで、キリシタンの集まりだと直《す》ぐに知れた。


コンフラリア（信心会）の組や講が、キリシタンの教化活動になろうとしていた。やがては地下組織に変容するのである。


彼らは手を組み合わせた親指でクルスを作り、瞑目していた。祈りを黙祷しているに違いない。教えを棄てさせられたものの、心だけは失いたくないのだろう。――自分と同じように。

彼が改まった口調で謂った。

「千々石ミゲル殿、西欧での話や説教をして下さらんか」

身許はとっくに知れていた。遣欧使節の経験は人生の宝であった。

——しかし、今更語りたくなかった。ましてや、説教など出来る筈がない。丁重に断りを入れたが、謙遜と受け取られたのか納得して貰えない。不躾《ぶしつけ》を承知で席を立った。

既に夕闇が迫り、宵の明星が西の空に一際輝いていた。道すがら、稚気を免れなかったやも知れぬと、少々恥じ入った。

——酷暑がようやく和らぎ、朝夕に秋の気配が漂い始めた頃だった。思い掛けない人物の訪問を受けた。小西の残党の益田甚兵衛と渡辺小左衛門だった。

ミゲルの胸に小波《さざなみ》が立った。3、4年振りになるだろうか。長崎を去る時、森宗意軒に転居先を告げていたとはいえ、彼らの凄絶な一念を感じた。

「こんな所までご足労頂いても、もはやこちらも耄碌《もうろく》して役になど立てませせぬ」

ミゲルは頭を指して戯《おど》けてみせた。益田甚兵衛は彼を無視するよう謂った。

「先程、勘兵衛殿が友人らと川で魚獲りに興じている姿を拝見仕りました」

「え？　勘兵衛を？」

渡辺小左衛門が続けた。

「随分と大きゅうなられて。一目見て彼だと分かりました。利発そうで、何より霊的な知力と意志力を備えていなさる」

彼らの目的はもはや、自分ではないことに気が付いた。

そこへ勘兵衛が、喜色満面の笑顔で獲物のモズクガニを手にして帰って来た。服はずぶ濡れだ。

「母上、カニば捕まえて来たばい」

もえは生きたカニが苦手らしく、厭そうに謂った。

「カニがかわいそかでしょうが。逃がしてあげんね」

勘兵衛は渋々、再び川に向かって走った。彼らは、勘兵衛の一挙手一投足を興味深げに見遣っていた。

勘兵衛の何処に霊的な知力や意志力が備わっているのか、理解出来なかった。敢えて謂うならば、彼の並外れた美形と、遊びの中に垣間見せる才気走った創造力だろうか。

2人は納得顔で、後日改めて訪れることを約束して帰って行った。

——そして、数日後、2人は芦塚《あしづか》忠右衛門を伴って再訪した。ミゲルは彼とは初対面だった。

芦塚忠右衛門はミゲルと同じ年格好で、白髪混じりながら、眼光鋭く矍鑠《かくしゃく》としていた。

小西行長の軍《いくさ》奉行を勤め、朝鮮侵略の際の文禄の役と慶長の役にも参加した歴戦の兵《つわもの》だった。敬虔なキリシタンでもあった。

一部の若者達は切歯扼腕《せっしやくわん》、痺れを切らして忠右衛門に何度も一斉蜂起を促した。

「まだ早い。機は熟していない。今立ち上がったら、3日ももつまい」

彼は身を挺して説得し、信条を披瀝して彼らを悟した。

「戦《いくさ》には名目が必要だ。安易に仕掛けても、所詮、烏合の衆の暴徒に終わってしまう。天下を震撼させる戦は、用意周到な戦略と組織を備えなければならない。その為には、人智を超えた霊の力が必要だ。霊は神秘この上ない。肉体に依存しつつ、肉体から成る人間を、人間たらしめるのが霊なのだ」

――勘兵衛の検分に来たのは謂うまでもなかった。彼を見るなり、目を輝かせた。

「ミゲル殿、彼を我々に預からせて貰えまいか。我々の精神的結束の象徴として、育て上げてみせましょうぞ。これは神の恩寵でござる」

最後の一言が、ミゲルの心にズシリと突き刺さった。

自分らの老い先は短い。勘兵衛を託すには彼らが相応《ふさ》わしいかも知れぬ。

――暫くの猶予を乞うた。

帰り際、忠右衛門は次の言葉を残して行った。

新しい日が来る。
新しい天と
新しい地を見よ、
神は創る。（イザヤ予言書66ノ22）

彼らの目的は、謂わずもがな豊臣家の再興であり、天下を覆すことである。さすれば、息子達が世話になっているしんほふ様や浅田家に累が及ぶやも知れぬ。

しかし、矮小《わいしょう》な世間体や体裁に拘泥《こだ》わっている場合ではない。勘兵衛の、否、日本の将来に関わることだ。最善の道を考えてやらねばならない。

――熟慮断行。勘兵衛を彼らに託すことにした。

勘兵衛は泣いた。実の親に捨てられ、育ての親にまで捨てられようとしている。

彼は己の宿命を感じているのか、母親に縋《すが》って腹の底から必死に泣いた。もえも泣いた。ミゲルも堪え切れず泣いた。

ミゲルは親として、せめてもの餞《はなむけ》を贈った。

「さらなる学問を修め、賢くなれ。求められるならば、義のため捨て石になれ」

幼い彼に理解出来る筈がない。彼の慟哭は永遠に続くかと思われた。

勘兵衛は益田甚兵衛の養子として入り、すぐさま長崎に遊学させせられた。手習いや様々な学問を学ばせ、彼の成長を待った。

彼らの計画は周到で、決して短慮に走らなかった。ひたすら機が熟するのを待っていた。

与助は彼らの存在を知りこそすれ、別段興味を示さなかった。ミゲルにだけ執着した。

再びミゲルともえは2人だけの生活に戻った。

このところ、2人共めっきり体が弱っていることを自覚するようになった。彼は長いこと歩けば息が切れたし、彼女は動悸が激しく外に出るのを億劫がるようになった。

その頃、キリシタン弾圧の風評が頻繁に聞こえるようになった。

1627年（寛永4）には、島原藩主の松倉重政による雲仙地獄の拷問が始まり、翌年には長崎で絵踏みが始まった。

残虐極まりない非人道的な弾圧に、ミゲルともえは我が事のように心が痛んだ。

——そして、1629年（寛永6）になって間もなくのことだった。原マルチノがマカオで病死したという悲報が届いた。異国の地に追放され、郷愁に駆られたことだろう。

ミゲルは大村湾を見渡せる崖上に立っていた。冷たい風が頬を刺す。鈍色《にびいろ》の空に長崎港で無言の別れをした時のマルチノと、流暢なラテン語を朗読するマルチノが微笑んでいた。

3人の中で取っ付きにくいのがマルチノだった。学究肌で書に親しみ、几帳面で近寄り難い雰囲気を醸していた。

その点、冗舌で、ふざけ合ったのがジュリアンだった。

——そう謂えば、残りの盟友ジュリアンはどうしているだろう。彼の厳《いか》つい顔と、人懐っこい丸い大きな目が思い浮かんだ。相変わらず迫害にめげず、伝道に邁進しているに違いない。

第18章　金鍔《きんつば》次兵衛神父

1632年（寛永9）春――。里に梅の香が漂い、上空には雲雀が囀《さえず》って春を謳歌していた。これから過ごしやすい時候だというのに、もえの容態は芳しくなかった。心配した浅田家から、賄いの夫婦を寄越してくれた。

――蜩《ひぐらし》が、涼やかな鳴き声で初夏を告げる頃だった。まだ明けやらぬ朝まだき、玄関の戸を叩く音で起こされた。

戸根の義母上からの使いだった。

書状にはもえの容態伺いと、ミゲルの来訪を促す旨が認《したた》めてあった。

〈長崎や外海、大村などで伝道している金鍔次兵衛神父が戸根に説教に訪れるので、是非会ってみてはどうか〉

という内容だった。心動かされた。金鍔神父の噂は聞いていた。

彼は1602年、大村藩の城下で貧しいキリシタン農家の3男として生まれた。12歳の時、追放された宣教師と共にマカオに渡り、さらにマニラに移されて勉学に勤《いそ》しんだ。27歳の時に、トマス次兵衛として司祭に叙階されると、3年後に長崎に密航していた。

彼が生まれた1602年と謂えば、ミゲルがイエズス会を脱会し、もえと一緒になった年だ。

もえを置いて行くことが心苦しかったが、彼女は後押ししてくれた。使いの舟に同道した。水夫《かこ》は若い男で冗舌だった。キリシタンなのだろう。次兵衛神父をやたら誉めそやした。

「次兵衛神父は、長崎奉行所の馬丁《ばてい》として働きよったげなですばい。灯台下暗し、とはよう謂うたもんですたい。夜は信者の家ば訪ねて告解《こくかい》ば聴き、ミサば献げたげな」

次兵衛神父は英雄だった。ミゲルは潮風を受けながら黙って聴いていた。

「変装が得意ですたい。農民の格好ばしたり、金鍔の脇差しばした武士の姿で現れたり、だけん、金鍔次兵衛て謂われとるとですよ。神出鬼没で、魔法ば使うて取締りの網ばかいくぐっとるという噂が流れとります」

振り返りざま、彼に訊ねた。

「その彼に、会うたことがあるとですか？」

待ってましたとばかりに、ニコリと笑った。

「戸根の裏筋にあたる神ノ浦の洞穴に、隠棲しておらすとです。戸根に降りて説教ばして下さった時、1度だけ会うたことがあるとです。背が高く、目鼻立ちが整った、そりゃあ良か男ですばい。説教の声も流れるようで、男でも惚れぼれする程ですたい」

彼の讃辞はまだまだ続きそうだった。程なく戸根の入江が見えてきた。


——次兵衛神父が姿を見せたのは、突然だった。

義母上と清助の3人で夕餉を交えた後、縁側で儚《はかな》げな蜩《ひぐらし》の鳴き声を聞きながら寛いでいる時だった。

急に蜩が鳴き止んだと思う間もなく、庭先から影のように現れたのである。

「神の思し召しにより、参上致しました」

彼は十字を切り、手を合わせた。農夫の出立ちだった。長身で髭面、薄汚れていた。長く伸びた髪は後ろで無雑作に括《くく》っている。秀麗な眉と鼻筋が、ただの農夫でないことを物語っていた。


——潜伏生活が偲ばれた。

しかし、ミゲルは彼の孤独で尖鋭な眼差の中に、神慮《しんりょ》を確《しか》と感じ取った。

——その時である。突如、暗闇の中からしたり顔で現れた者がいた。

——与助だった。

次兵衛神父は彼を見るなり、すぐさま正体を見破った。

「何故、お前は此処に居る？　お前達は陰湿な眼《まなこ》で我々を見張り、少しでも弱味を見せると、それを突破口に攻撃を仕掛けてくる。お前達の来る所ではない。立ち去れ」

与助はたじろいだ。次兵衛神父の霊力に圧倒され、場違いな所で遭遇したことを後悔した。

「チッ、邪魔者扱いしくさって」

捨て台詞を吐いて姿を消した。

義母上がミゲルを紹介したが、彼はミゲルのことを既に知っていた。

「マカオに居た時、原マルチノ神父から聞き知っております」

「マルチノから？　どんな話を？」

「西欧各国を歴訪した楽しい話は勿論、ミゲル殿がイエズス会とキリスト教から離れたことを窺いました。マルチノ殿もそのことで苦しんでおられました」

「マルチノが……？　マンショも同じ様なことを謂っていた……」

「そのミゲル殿が、わざわざ私に会いに……？　道をお探しですか？」

「その通り。右往左往して迷うてばかりおります」

「私とて迷うてばかりです」

「神父様が……？」

「神父だろうと、人間です。洞窟で夜毎微睡《まどろみ》の中で、捕縛され穴吊りの拷問を受けて呻《うめ》いている己の姿にうなされるとです。何時も怯えて生きとります」

次兵衛神父は、幼い時殉教した両親の記憶にひたすら縋って生きてきた。ミゲルとて同じだった。龍造寺隆信に釜蓋城を攻め落とされ、父の自害した姿と、母と落ちのびながら見た燃え盛る城の夢を、いまだに見ることがある。

――そして、大村や有馬で浴びせられた無遠慮で情け容赦ない罵詈雑言《ばりぞうごん》。

(イエズス会どころか、デウス様まで棄てて殿に尻尾を振りおって。ユルマンの分際で)

〝ユルマン〟の4文字が付き纏い、苦しめてきた。

(ユルマンで何が悪い)

自らの半生を反芻する度、そう開き直った。自分に忠実に生きてきた。これが自分自身の証左だ。仕方がない。

眠れぬ夜を幾度となく過ごし、常にデウス様と対峙して生きてきた。

「脱会し、教えを棄てましたが、デウス様だけは棄てきれませんでした。しかし、歩んで来た道を後悔しておりません」

ミゲルがきっぱりと謂うと、

「それでいいではありませんか。それ以上、何をお望みです?」

返答に窮した。この期に及んで何を望んでいるのだろう。白いものが目立つ鬢髪《びんぱつ》に手を遣りながら、自らの心の奥底を覗き込んでみた。

(神へ帰依したいのか? ハライソへの道を辿りたいのか? はたまた、別の道を求めたいのか?)

――何も見えなかった。次兵衛神父は彼の心を忖度するよう、

「立ち返りの儀式を手伝いましょうか?」

と謂ってくれたが、ミゲルは暫く考えていた。そして、徐《おもむろ》に首を横に振った。

「いや、このままの方が自分らしい生き方のような気がします」

次兵衛神父は微笑みながら頷いた。

「神はミゲル殿を祝福するでしょう」

彼の寛大さが嬉しかった。先般の水夫の次兵衛神父礼讃が思い起こされた。

——金鍔トマス次兵衛神父。人々は彼をキリストの代理者として縋《すが》った。教えを説き、秘蹟を授ける代償として、彼らは命を賭して彼を匿《かくま》った。

彼が赴く時は、前もって〃触れ役〃を通して知らせる組織が出来ていた。それでも、見知らぬ人物が村を出入りしているという噂が立ち、役人の検索が入ることがあった。

彼には高額の賞金が懸けられていたからだ。生活に困窮した男が通報しようとすると、隣人らが懸命に諫めたのである。

しかし、信者達が自分のために犠牲になることが彼には耐えられなかった。

「主よ、私の行くべき道を示して下さい」

次第に行き場を失くしていた。

お伊奈の一言が、彼に励ましを与えてくれた。

「信者は誰も迫害なんか畏れておらんですよ。神父様の説教ば楽しみにし、生きる拠り所にしとりますけん。私達は神父様と共におります」

次兵衛神父は、自らの信念が間違ってないことを確信した。

「近い将来、この国にも信仰の自由が認められ、平穏無事な社会が訪れることを確信しとります。その日が到来するまで、身命を賭す覚悟です」
彼は蒼穹《そうきゅう》の笑顔を残して、再び暗闇の中に消えて行った。

第19章　最後の一家団欒《だんらん》

――1633年（寛永10）の夏は、殊の外暑かった。

もえは更に痩《こ》けた。賄いの幸兵衛が精をつけるよう伊佐早《いさはや》から鰻を買い求めてきたが、彼女の胃はもはや受け付けなかった。

――そんなある日、突如3人の息子達が揃って見舞いに訪れ、もえを大いに驚かせた。3人共見違える程成長していた。

彼らの祖母にあたるお伊奈の計らいだった。

長男の度馬之助は日向の有馬家に仕え、一廉《ひとかど》の武士らしく威厳を備えていた。

3男の清助は、浅田家で慎み深く暮らしていた。

4男の玄蕃は、しんほふ様の助力により、大村藩の家臣として城勤めをするようになっていた。

もえは3人を沁々《しみじみ》と眺め、感涙に咽《むせ》んだ。成長した子の姿を見る程、親としての喜びはあるまい。代わるがわる彼らを抱き締め、頬擦りした。

彼らには、痩せ細った母親を見るのは忍びなかった。自慢の母だった。どの家の母親より優しく、美しかった。厳しい叱責は、愛情の裏返しだと知っていた。父には常に温かい眼差しを向けて労っていた。

それが何故なのか、理解出来るようになったのは家を離れてからだった。母上は父上の痛み辛みを分かち合い、寄り添いたかったのではないだろうか。

――さらに、もえを驚かせることがあった。勘兵衛が長崎から独りでやって来たのだ。12歳になっていた。

別れの時、あれ程母親に縋《すが》って泣き叫んでいたのに、久方振りの再会の喜びを押し殺し、慇懃《いんぎん》にも畏《かしこ》まった挨拶で母親の体を気遣った。

――この気遣いに、慟哭《どうこく》したのはもえだった。勘兵衛を掻き抱き、実の子以上の喜びを顕《あらわ》にした。勘兵衛も堪《たま》らず、堰《せき》を切ったように号泣した。

「すっかり大きゅうなって、よくぞ長崎からやって来た。学問は捗《はかど》っているとね？」

凛々《りり》しい顔立ちが彼の成長を物語っていた。連日、学問に勤しんでいると謂う。ミゲルは彼を長男の度馬之助に紹介した。度馬之助だけは初対面だった。度馬之助は突然の弟の出現に驚きを隠せなかったが、すぐに笑顔を向けた。

もえは4人の息子達に囲まれ、快活さを取り戻した。笑顔を何処かに置き忘れ、陰々たる日々を送っていたから、何よりの薬だった。

6人が出揃った一家団欒《だんらん》の夕餉は、思い出深いものになった。昔話に華が咲き、笑いが絶えなかった。もえもミゲルも、涙を浮かべながら笑い興じた。

食事が喉を通らなかったもえは、人が変わったようによく食べてミゲルを驚かせた。

――もえがミゲルに懇願した。

「楽器ば演奏してくれんですか。結婚以来、暫く聴いたことなかですもん。家族が揃って、いい機会ですけん」

もえは音色を憶えていてくれた。

楽器は西欧から持ち帰り、秀吉に謁見の時や大村藩、有馬藩に凱旋した時以来、弾いたことがなかった。

弾けば独特の音色が近隣に響き渡る。家中の者達からの恨み辛《つら》みを、徒《いたず》らに刺激するのを恐れたからだ。

就中《なかんずく》、長崎では素性を知られたくなかった。

――家族が揃った今こそ〃その時〃かも知れない。しかし、物陰で与助がこちらを窺っているだろう。楽器の音色を聴けば、遣欧使節だったことが一目瞭然だ。

もはやそんなことはどうでもいい。櫃《ひつ》からヴィオラとレアージョ（携帯風琴）を取り出した。

関白秀吉の前で弾いたのは、クラヴォ（チェンバロ）という大型の鍵盤楽器だった。その楽器が最も得意としたが、大き過ぎて何時の間にか手放してしまった。

小型で持ち運びが簡単な、この2つを手許に残していた。

エスパニアの流行り歌『皇帝の曲』をヴィオラで弾いてみた。乾いた弦楽器の音色が座敷から飛び出し、大村湾まで響き渡った。聴いたことのない妙なる音色に、皆は刮目《かつもく》した。
指先は旋律を忘れていなかった。軽快な調子から始まり、重厚な雰囲気に移り、最後は静謐《せいひつ》な余韻を残して終わった。

盛大な拍手が湧き起こった。子供達は初めて聴く音色だった。

レアージョで同じ曲を弾いてみる。蛇腹を両手で伸縮させながら、右指で鍵盤を押して音を出す。笛と尺八の音を合わせて潰したような音色だ。弾く楽器で趣が違った。

弾き終えると、再び盛大な拍手が起こった。子供達は珍しい楽器に触れ、歓喜の声を上げた。

もえは満足そうに笑みを浮かべて、小さな溜息をひとつ衝いた。

——与助が物陰でほくそ笑んでいた。彼が遣欧使節の千々石ミゲルであることを確信した。後は、キリシタンを棄てていないという確証を得ることだ。

ミゲルはポルトガルのヴィラ・ヴィソーザで、ブラガンサ家の当主ドン・テオドシオ2世と、ヴィオラとクラボ（ハープシコード）を演奏したことを思い出した。

公は大の音楽好きで、少年聖歌隊学院を創設した程だった。

ミゲル達が巧みに楽器を弾き、且つ歌うことが出来るのに感嘆の声を上げた。

——懐かしくも、楽しい思い出だった。

ふと、もえを見ると、満足しきった表情で眠っていた。

その日を境に容態が好転したかに見えたが、翌日から再び寝込むようになった。

秋の到来は早かった。10月半ばを過ぎると、昼間でも涼しい風が吹き渡り、草叢《くさむら》一面に芒《すすき》が花穂を付けていた。

もえの容態を気に掛けながらも、季節の変わり目にやっと気付き始めた頃だった。

中浦ジュリアンが、長崎の刑場にて穴吊りの刑で殉教したことを知らされた。如何に穴吊りの刑が残酷で過酷な拷問かを知悉《ちしつ》していた。

ジュリアンらしい。見事だ。自分だったら、とても真似出来ることではない。

これで、遣欧使節4人のうち、残ったのは自分だけになってしまった。

最終章　神からの試練

――師走の慌ただしさで世間は浮ついていたが、千々石家では時間が止まっていた。もえは相変わらず目を覚まさず、ミゲルは枕元で彼女の寝息だけを聞いていた。

ある日の早暁、彼女は俄《にわか》に目を見開いて呟いた。

「オルゴールば聴かせて下さい」

オルゴールは、ミゲルが西欧の土産にあげたものだ。まだ大事に持っていた。聴かせると、満足そうに何度も繰り返し要求した。

そして、天使が迎えに来たのだろうか、笑顔を浮かべながら眠るように息を引き取った。

現実が理解出来ずにいた。侘しさが込み上げてくる。胸の中にポッカリと穴が空いたような虚無感だった。

もはや脱け殻となって生き永らえるか、跡を追って潔《いさぎよ》く果てるか――。

彼女のいない人生は考えられなかった。

――それが問題だった。

どちらが相応しいだろう。自ら命を断てば、心の痛みも終わりを告げてくれる。人生の柵《しがらみ》も振り切ってくれるだろう。

喉をかき切れば、全ては完了する。それが出来ぬのは、元遣欧少年使節という、元修道士という誇りだろうか。

——しかし、躊躇《ためら》う。

墓は大村湾が見渡せる小高い丘に決めた。目立たぬよう、小さな十字架を立ててあげた。跪《ひざまず》き、手を合わせている時だった。

与助が薄ら笑いを浮かべながら現れたのだ。

「とうとう尻尾を出したな。棄教を装うていたが、未だデウスを棄てていまい」

「デウスを棄てようが棄てまいが、どうでもいいことだ。妻は黄泉《よみ》の国へ旅立ってしまった。お前は長崎からずっと付き纏うているが、何者だ?」

「儂か、キリシタン探索の隠密よ。お前を訴え出れば、銀100枚が、否、遣欧使節の千々石ミゲルともなれば、その何倍も頂戴出来るだろうよ」

「賞金稼ぎの隠密……? 成程。しかし、お前の目の奥にはもっと得体の知れぬ、混沌とした暗闇が垣間見えるぞ」

与助の目の色が変わった。彼に取り憑いている何者かが、微かに蠢《うごめ》いた。彼の背後から、闇夜を飛翔する漆黒の蝙蝠《こうもり》の両翼と、地獄の業火《ごうか》の深紅の双眸《そうぼう》が現れた。

「ふふふ……、俺様は限りなき力を秘めている。お前の望みを何なりと叶えてやろう。但し、条件がある。キリストを罵り、十字架を踏みつけろ」

彼の正体を朧《おぼろ》げに察知した。無理難題を吹っ掛けてみた。

「ハライソに行ったであろう、妻に会わせて欲しい」

「お易い御用だ。叶えてやろう。さあ、条件を飲め」

「お前は信用出来ない。爾後《じご》のことだ」

「よかろう。但し、約束を違えぬよう紙切れに血を一滴垂らし、署名しろ」

謂われるがまま、血を垂らして署名した。すると、与助が腕を上空に振り上げた。

――突如、ミゲルの体は浮き上がり、俄《にわか》に上昇して行く。

なんと快適な空の旅であることか。里の山も、村の家々もみるみる小さくなってゆく。

――ハライソは意外にも近かった。此の世とを狭い海のような雲海とで隔てているだけだった。

無限の昼間が闇夜を押しのけ、未来永劫の春がどっかと腰を下ろしていた。色褪せることのない喜びと、愉楽が苦痛を制圧し、色鮮やかな花々が咲き乱れていた。

遥か天空には光の塊が燦然《さんぜん》と輝いている。光の中に居るのは誰だろう。余りに眩し過ぎて、正視出来なかった。

ミゲルは現人《うつせみ》の身である。当然、最後の審判も受けていないし、ハライソに入る資格も持ち合わせていない。

――驚天動地。意外にも、その入口に立って待っていてくれたのは、幼馴染のおたまではないか。妙齢の彼女が暁光《ぎょうこう》に包まれ、ミゲルに微笑みかけていた。

幼くしてマカオの租界に売られるのを、助けてあげられなく、手を拱《こまね》いて見ているだけだった。あれからずっと彼女のことが気に掛かっていた。事ある毎に思い出しては胸が痛んだ。

「ミゲル様、ずっとお待ちしとりました。絶えず日本のことを思い、ミゲル様との思い出に浸りながら過ごして参りました。辛くて悲しいことばかり……。この世でミゲル様に会えぬのなら、せめてハライソで身も心も綺麗になってお会いしたい。ひたすらマリア様に祈っているうちに、導いて下さいました」

「この私をずっと待っていてくれてるとか。罪深いこの私を……」

2人は幼いながらも淡い恋心を抱いていたが、悲劇的にも分断されてしまった。

——恋とは、宿命的に見失った自分の片割れを求める、渇望と謂えるのではないだろうか。

——しかし、ミゲルはハライソに入れる資格がないことを知悉《ちしつ》していた。魂を売って、代わりに不思議な力を得た。履行こそしていないが、キリストを罵り、十字架を踏みつける契約をしていた。

そして何より、イエズス会を脱会し、棄教した身。デウスだけは棄てきれないでいるが、これまでの所業を考えると、とてもじゃないがハライソなど行ける立場ではない。

最後の審判を受け、地獄に堕ちるのは必定だ——。

——その時、近寄って来たのはもえだった。若々しい海棠の花に変身していた。幼い時に亡くした三郎兵衛を連れていた。おたまの存在を既に知り、彼女の手を取って謂った。

「ここでは夫婦の鎖は一度外され、２人の心に制限がなくなり、束縛のない愛を享受出来るとですよ。おたま様は貴方様を一途にお慕いし、お待ちです」

「おたまの思いを叶えてあげたか。許してくれるか」

「当然でしょう。遠慮のう、彼女の愛を受け止めてやって下され」

ミゲルはおたまの手を取った。

「地獄に堕ちても、必ず這い上がってくる。そなたの相応しい男になってきっと帰って来る。それまで待っていてくれ」

「はい、待つとは慣れとります。何時までも待っとりますけん」

煉獄と地獄で純化され、ミゲルは神から引き上げて貰えるだろうか。来世の幸福は、すべからく神が授けてくれるものなのだ。

何処で聞きつけたのか、マンショとマルチノ、ジュリアンの３人が歓声をあげながら駈け寄って来た。

「おお、ミゲル。４人揃ったと思うたら、その格好だとまだこっちの住人じゃなかごたる」

マンショが揶揄《からか》うよう謂った。３人は西欧から長崎に帰朝した当時の、20歳前後の青年だった。

「なつかしか。３人共、どげん生活ば送りよっとね」

ミゲルにとり、興味あることだった。ジュリアンが誇らし気に謂った。

「これまで成し得なかった、各々の道を歩んどる」

マルチノが愉快そうに謂った。

「青春ば謳歌しとるとたい。愛こそ人間の命であり、かくして人間そのものである、ということに改めて気付いたとたい」

「何時の日か、再び4人揃って会えるとば楽しみにしとるとばい」

ミゲルはそう謂い残し、彼らに別れを告げ現世に戻って行った。

——与助が今や遅しと、痺れを切らして待っていた。

「お陰でハライソを覗くことが出来た。感謝する」

「早速だが、契約を履行して貰おう。キリストを罵り、十字架を踏みつけろ」

「そのことだが、薄々お前の正体を見抜いている。とどのつまり、お前達の仲間に引き込もうとしているのかも知れんが、無駄だ。断じて仲間に入らん」

与助は赤くて長い舌をチロチロと出しながら、ミゲルを睨《ね》め付けた。

「よくぞ謂えたものだ。何故、お前がキリスト教から離れたか、心の奥底をじっくり垣間見るがいい」

痛いとこを衝かれて窮した。しかし、悪の本質は偽善だということを知っていた。神がいかなる真《まこと》を創造しようと、悪魔はそれを悪用しようとする。

ミゲルは反撃した。

「お前達は偽善そのものの化身であり、神を愚弄する道化師ではないか」

与助の両目は赤く充血し、口は大きく裂けた。

「お前の中に潜んでいる黒々とした悪の部分、己の中の悪を知らずして、どうして俺様達を非難出来ようか。もっと危険でもっと凶猛な悪魔は、つまりお前達人間共ではないか」

正に図星。言葉が出なかった。与助はますます増長した。

「お前達が崇め奉る神とやらは、何かやってくれたか？　何もやってくれまい。ネズミを弄ぶ猫のように、人間共を弄んで喜んでいるのさ。薄情なもんだ。所詮、その程度のものなのさ」

核心を衝いていた。

神は確かに沈黙を続けている。何も語ってくれない。雄弁に語るのは悪魔だけだ。甘言を弄し、誘惑する。だからと謂って、神は何も語らない訳じゃない。悪魔の騒々しい声が神の声をかき消しているだけなのだ。

元修道士という経験上、善と悪が表裏一体であるように、悪魔は神の陰であり、神の裏返しなのかも知れないと思う。

――閃くものがあった。

「ひょっとして、イエズス会の脱会や棄教、それらの行動や決断、お前らが何処ぞで係《かかわ》っていたのではあるまいな？」

「今頃気が付いたか」

「それでは、大村や、有馬、長崎での苛虐《かぎゃく》な生活の陰でも、お前達が蠢《うごめ》いていたのか？」

「愚か者め、鈍感にも程がある」

「嗚呼、試されていたのか……」

「今更どうでもいいことだ。それより契約の履行だ。ここに血を滴らせ、署名した書状がある」

「人生の陰でお前達が操っていたと知っては、尚更のこと。従う訳にいかん。契約したといえ、どんな厳罰を受けようと断固として破棄する。心の中のデウスだけは、どんなに中傷されようと棄てる訳にいかん」

「そこまで謂い切るからには仕方がない。命と引換えだ」

漆黒の巨大な影が与助から抜け出た。大きな角と翼が生え出《い》で、手には大鎌を持つ地獄の相貌の悪魔へと変身した。

「ギエ――ッ」

大音声《だいおんじょう》と共に振り下ろされた大鎌が、ミゲルの喉元を斬り裂いた。鮮血が沈黙静寂な天空高く噴き出し、燃え立つような朱色の炎が一瞬間、曼珠沙華となって花開いた。

光が飛んで暗闇が広がった。ゆっくりと膝から崩れ落ちた。薄れゆく意識の中で、もえの墓を探した。

やっと探し当てた墓の、積み上げただけの石に覆い被さるよう息絶えた。

――寛永9年（1633）12月、もえに後れること4日、64歳の生涯だった。

ミゲルの魂は現《うつ》し身から離れ、暗闇の中を真っ逆さまに堕ちていた。ゆっくりと、たゆとうように堕ちてゆく。何処まで堕ちるのだろうか……。

神からの試練が待っている。神に対する認識が未熟なるが故に――。

果たして、ハライソに這い上がれるだろうか。堕ちながら心の中で叫んだ。

(何時の日か、きっと戻って来る。神の信頼を取り戻して、這い上がってみせる。待っていてくれ。おたま、もえ、そしてマンショ、マルチノ、ジュリアン……)

――それから4年後、1637年に島原の乱は起きた。

農民一揆や宗教一揆に名を借り、乱の首謀者らが首領に担ぎ上げたのが、若干16歳の天草四郎時貞だった。

総勢3万7000の一揆勢は島原城を攻撃。落とせないとみるや、原城に立て籠った。

彼は数々の奇跡を起こすなど多くの伝説を作り、原城籠城の折は、戦意を高め信仰を固めるために魂の説教を行ない、天与の才能を表した。

落城の折、細川家の武士によって首を斬られ、彼らの夢は儚《はかな》くも潰《つい》えたのだった。

――死後、彼は千々石ミゲルの息子だという噂が実《まこと》しやかに伝えられた。

――完――

参考文献

松田毅一『天正遣欧使節』（朝文社）
コーン・マクダネル＆バーンハード・ラング『天国の歴史』（大修館書店）
J・Bラッセル『悪魔の系譜』（青土社）
シェイクスピア全集『ハムレット』（新潮社）
大石一久『千々石ミゲルの墓石発見』（長崎文献社）
『旅する長崎学』2（長崎文献社）

あとがき

長崎の伊木力に、千々石ミゲルの墓が発見されたというので、帰省の折、物見遊山で出かけたのは4、5年前のことだった。

彼のことは天正遣欧使節の1人というだけで、詳細は何ひとつ知らなかった。

帰朝後、イエズス会を脱会し、棄教したという。英雄だった筈の男が、何故に棄教したのか？　俄然《がぜん》興味が湧き、想像力を掻き立てられた。

棄教後の資料は皆無に等しく、当然の如く〝厄介者〟はイエズス会から抹殺されたのだろう。資料が無い分、自分なりのミゲル像を存分に思い描くことが出来た。

殆どの文献に、「ミゲルは棄教したことにより、晩年惨めな人生を送った」とか、「棄教は失敗だった」という勝手で独善的な決めつけが目に余った。

当然、使節仲間の他の3人と比較してのことだろう。司祭になった者や殉教した者が、人生の成功者とどうして謂えるのか？

棄教したから負け犬で、故に不幸な人生を送ったなどと、どうして偏狭な決めつけをするのか？

――弱者に対する労りと反骨心がムラムラと頭を擡《もた》げ、創作意欲に拍車がかかったのは謂うまでもない。ミゲルに対する応援歌である。

信念をもって棄教したとはいえ、負い目をも感じていたのだろう。遣欧使節仲間や知人は何物にも代え難い。彼らとは袂を分けたが、彼らに会いたい反面〝負い目〟が妨げをした。しかし、晩年になって心の整理もついたのだろう。不干斎ファビアンや伊東マンショ、メスキータ師、原マルチノ等と誼《よしみ》を通じて語り合わずにいられなくなった。

マンショを長崎の修道院に見舞いに訪れたシーンは、30年前になるが父を見舞った時を思い出しながら書いた。帰りしな、握った父の手の温もりをいまだに覚えている。

不干斎ファビアンは波乱に富んだ人生を送った。魅力ある人物だ。是非、ミゲルと絡めてみたかった。彼は長崎で幕府の禁教策に協力していたから、2人が邂逅したとしても不思議はない。

金鍔次兵衛神父も絡めたかった人物の1人だ。彼が神ノ浦《こうのうら》の山奥に潜んでいたという岩窟を、かつて訪れたことがあった。

長崎の外海や大村でも布教活動をしていたそうだから、戸根に住んでいた浅田純盛とお伊奈とは、知己の間柄だったであろう。

――そして、島原の乱を絡めるのは、当初からの構想だった。天草四郎はミゲルの子だった、という風聞が流れていたことを知っていたからだ。

それによって、我が類族である芦塚忠右衛門を出せたことは、長年の夢を叶えられ、幸甚《こうじん》であった。

本格的な小説は3作目だが、相変わらず苦しむ。余計、書き上げた時の喜びは至上のものだ。

午前中はテニスで汗を流し、午後から図書館で執筆している。あと何作書けるか分からない。意欲だけはある。

地元の千葉寺の境内に、樹齢1300年余の大銀杏の樹がある。堂々たる風格で、今尚青々とした枝葉を繁らせ、黄葉は実に見事だ。彼を訪れる度、まだまだ尻が青い若造だと思い知らされる。

文末ながら、前作に引き続き担当して頂いた長崎文献社の堀憲昭氏と、資料探しに懇切丁寧に協力して頂いた千葉市稲毛図書館の渡辺麻衣氏に、厚く御礼を申し上げます。

平成28年　晩秋

加納　秀志

■著者略歴

加納　秀志（かのう　ひでし）
本名・芦塚　利夫（あしづか　としお）。
1947年生まれ。長崎市出身。長崎北高、明治大学文学部卒。
出版社に勤務し、雑誌編集に従事。退職後、執筆に専念。
作品に「紙縒のコンタツ（「セカンド・ウィンド」併載）」（長崎文献社）がある。
趣味、テニス、山登り、スキー。千葉市稲毛区在住。

ミゲルとデウスと花海棠

発行日	初版第1刷　2017年1月20日
著者&発行人	加納　秀志（かのう　ひでし）
編集人	堀　憲昭
発行所	株式会社　長崎文献社 〒850-0057 長崎市大黒町3－1 長崎交通産業ビル5階 電話 095(823)5247　ファックス 095(823)5252 ホームページ　http://www.e-bunken.com
印刷	九州印刷株式会社

ISBN 978-4-88851-272-5 C0093